별과
고양이와
우리

별과
고양이와
우리

최양선 장편소설

창비

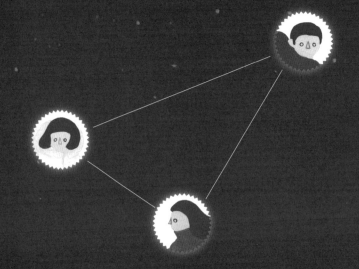

1

*

세민의 이야기

무대 한가운데, 세민은 진땀을 흘리고 있었다. 세민의 손가락이 건반과 건반 사이를 빠르게 오갈수록 귓속의 소음도 점점 거세졌다. 삐삐삐삐, 날카로운 금속음이 이어졌다. 알 수 없는 그 소리에 신경이 툭툭 끊기는 것만 같았다. 피아노 소리는 거의 들리지 않았다. 어쩔 수 없이 손끝의 촉감과 깊이감, 그동안 연습해 온 감각으로 연주를 끝낼 수밖에 없었다.

무대 위로 박수 소리가 쏟아졌다. 세민은 자리에서 꼼짝할 수 없었다. 고개를 들 수도 없고, 객석을 바라볼 엄두도 나지 않았다. 하지만 다음 참가자를 위해서는 일어나야만 했다.

세민이 향한 곳은 화장실이었다. 좁은 칸막이 속에 숨어들자마자 눈물이 쏟아져 내렸다. 소리가 밖으로 새어 나가지 못하게 몇 번이고 변기 물을 내렸다. 구멍 속으로 빨려 들어가는 물의 소용돌이를 보며 차라리 나도 저 속으로 사라져 버렸으면, 하고 생각했다.

잠시 뒤 정신을 차려 고개를 드니 대기실이었다. 거울 속에서 우울한 낯빛의 소년이 자신을 바라보고 있었다. 화장실에서 대기실까지 어떻게 걸어왔는지는 기억나지 않았다.

무대에 오르기 전 세민은 간절히 기도했었다. 아무 소리도 들려오지 않기를. 하지만 피아노 앞에 앉자마자 손바닥에 땀이 흥건히 차오르고 이내 귓속에서 삐, 삐 하는 신호음이 울리기 시작했다. 연주는 엉망이었고 세민은 만족할 수 없었다. 심사위원들도 똑같이 느꼈을 것이다. 결과는 예상과 다르지 않았다.

등 뒤로 대기실 문이 열리고 선생님이 들어왔다. 거울에 비친 세민과 눈이 마주치자 선생님은 금세 미소를 머금고 위로의 표정을 지었다. 수년 동안 많은 제자를 상대해 온 능수능란함인 걸까. 선생님이 세민의 앙어깨를 지그시 눌렀다.

"수고했어. 이번 콩쿠르는 좋은 경험이었다고 생각하자. 알았지?"

선생님의 표정은 한없이 인자하고 목소리도 부드러웠지만, 어색한 분위기는 어쩔 수 없었다. 선생님이 금방 나가 버린 뒤 세민은 고개를 떨구었다. 문밖에서 여러 소리가 들려왔다. 빠르기가 다른 구두 소리들, 사람들의 목소리가 섞이고 뭉쳐져서 만든 소음.

세민은 그 소리들을 밀어 내려는 듯이 "좋은 경험"이라는 말을 되풀이했다.

얼마 안 있어 다시 문이 열리고, 엄마 아빠가 들어왔다. 세민은 얼굴이 홧홧했다. 누구 앞에서보다 부끄럽고 창피해서 숨어 버리고 싶었다. 엄마는 그런 세민의 마음을 아는지 모르는지 고개를 숙이고 있는 세민의 품으로 꽃다발을 안겼다.

"잘했어, 우리 아들."

엄마가 세민을 꼭 안아 주었다. 장미꽃에서는 청사과의 달짝지근한 향이 났다. 아빠는 말없이 세민의 어깨를 토닥였다.

"집에 가자."

아빠가 말했다.

집 안은 고요했다. 벽에는 지난번 콩쿠르에서 상을 받은 날 기념으로 찍은 사진이 걸려 있었다. 사진 속에서 엄마와 아빠, 선생님, 세민은 활짝 웃고 있었다. 그날 집으로 돌아오자마자 아빠는 옷도 갈아입지 않고 여기저기 전화를 걸어 세민의 수상 소식을 알렸었다. 이제는 그 일이 아주 오래전 일처럼 느껴진다.

세민은 방으로 들어가 가방에서 악보집을 꺼내 펼쳤다. 감정선을 빼곡히 메모해 둔 지저분한 악보집. 마치 귓속에서 들려오는 이명을 그림으로 표현해 놓은 것 같았다.

"세민아."

엄마의 노크 소리에 세민은 얼른 침대 속으로 들어가 이불을 머리끝까지 끌어 올렸다. 잠시 뒤 방문이 열렸다.

"엄마 아빠 가게 나간다."

세민은 잠이 든 척 반응을 하지 않았다.

"자나 보네."

문이 닫히고, 집 안이 조용해지고 나서야 세민은 이불을 목 아래로 내렸다.

거실로 나온 세민은 탁자 위에 놓인 화려한 색깔의 꽃다발을 바라보았다. 어둡고 침침한 거실에 이런 꽃은 어울리지 않았다.

2층 창가에 서서 창밖을 보았다. 오후 5시, 겨울 해는 벌써 질 준비를 하고 있었다. 회색빛이 도는 푸르스름한 공기 사이로 동네가 내려다보였다. 엄마 아빠는 피아노를 치는 세민을 위해 이곳 서울 외곽으로 무리해서 이사를 왔다. 전에 살던 아파트에서는 아무래도 마음 놓고 피아노를 연습하기가 어려웠으니까. 방음 설비를 해도 소리는 어떻게 해서든지 공간을 파고들었다. 이곳은 단독 주택이라 편하게 피아노를 칠 수 있었다. 경의중앙선이 닿는 곳이라 학교를 오고 가는 데도 문제가 없었다. 학교와 집, 그리고 그 중간에 피아노 레슨실이 있었다.

세민은 꽃다발을 끌어안고 옥상으로 올라갔다.

주변을 둘러보았다. 모든 것이 적요하고 살아 있는 기운은 전부 사그라진 것 같았다. 세상은 피아노 건반처럼 검은색과 흰색의 무채색뿐이었다. 세민은 꽃다발을 내려다보았다. 여러 가지 꽃들이 섞여 있었지만 이름을 아는 건 장미꽃밖에 없었다. 어릴 때부터 수도 없이 받았던 꽃다발인데 오늘처럼 꽃을 자세히 본 적은 처음이었다. 왠지 낯설고 숨이 막혔다. 꽃잎을 하나하나 뜯어 공중으로 날렸다. 온음표 같은 둥그런 꽃잎들이 날아오르지 못하고 바닥으로 내려앉았다. 세민은 지저분하게 흩어진 꽃잎을 바라보다가 발로 짓이겼다. 꽃잎 물이 처참히 물들었다.

금세 어둠이 짙어졌다. 서울보다 많은 별을 볼 수 있는 곳인데도 오늘은 별빛이 잠잠했다. 둥그런 달만이 차디찬 겨울바람을 맞고 있었다. 귓속으로 시린 바람이 들어왔다. 몸이 점점 떨렸다. 추위 때문인지, 두려움 때문인지 알 수 없었다.

'말해야 해. 더 이상은 숨길 수 없어.'

집을 나선 세민은 길 건너편 분식집을 바라보았다. 사람들이 테이블 앞에 앉아 있고 그 사이로 아빠가 분주하게 움직이고 있었다. 저녁 7시, 가장 바쁜 시간이었다. 피아노 레슨을 끝내고 집으로 돌아가는 길은 늘 밤늦은 시간이었다. 그때는 가게도 지금보다는 여유로웠다. 이 시간에 가게를 찾는 게 얼마 만인지 기억나지 않았다.

신호등 초록 불이 켜지자 세민은 사람들에 묻혀 길을 건넜다. 문을 밀고 가게 안으로 들어서니 아빠가 쳐다보지도 않고 "어서 오세요." 인사부터 건넸다. 세민은 멀뚱히 서서 아빠를 바라보았다.

"어, 쉬지 않고 왜 왔어?"

세민이 입을 떼려는 순간, 테이블에서 단무지를 더 달라는 소리가 들려왔다. 세민은 잽싸게 주방 앞으로 가서 단무지를 덜어 테이블로 갖다주었다.

"아빠가 할 테니까 저녁 먹어."

아빠는 세민의 어깨를 잡은 뒤 빈자리에 앉혔다. 주방에 있던 엄마가 세민이 온 것을 알고는 애써 웃음을 지었다.

세민은 밥을 먹으면서도 마음이 불편했다. 사정을 솔직하게 털어놓으면 엄마 아빠가 얼마나 충격을 받을까. 볶음밥과 걱정이 뒤섞여 배 속이 부풀어 오르는 듯했다.

9시가 넘어가면서 가게도 한산해졌다. 엄마 아빠는 그제야 식사를 준비했다. 엄마가 먼저 세민 앞에 앉았다. 아빠는 주방에서 정리를 마저 하고 있었다.

세민은 말할 때를 기다렸다.

"내일부터는 입시 레슨 다시 받아야지?"

엄마가 수저도 들지 않고 말했다. 세민은 엄마의 물음을 피해 갈 답을 찾을 수가 없었다. 더는 미룰 수 없었다.

"저……."

세민은 엄마를 보았다. 오늘따라 엄마의 눈빛이 더 촉촉해 보였다.

"이상한 소리가 들려요."

"소리라니?"

"피아노 칠 때. 귓속에서. 피아노 소리는 들리지 않을 정도로요."

그 순간, 주방 쪽에서 와장창 그릇이 쏟아졌다. 엄마와 세민은 동시에 고개를 돌렸다. 아빠가 멍하니 서 있었다. 바닥에 플라스틱 접시들이 사방으로 흩어져 있었다.

2

*

지우의 이야기

수학 문제를 풀던 지우가 고개를 들어 시간을 확인했다. 밤 11시. 책상 앞에 붙여 놓은 여러 가지 결심의 문구를 읽어 나갔다. 공부에는 왕도가 없다, 일찍 일어나는 새가 벌레를 잡는다, 하늘은 스스로 돕는 자를 돕는다⋯⋯. 좀 뻔한 말들이지만 마음이 흔들릴 때마다, 생각이 저도 모르게 어딘가로 향할 때마다 지우는 이런 주문을 읽고 또 읽고는 했다. 자신의 몸과 마음을 책상 앞에 단단히 붙잡아 두고 싶었다.

지우는 현실적이었다. 치열한 경쟁 속에서 살아남고자 견뎌 왔다. 현실이 마음에 들지 않아도, 아무리 힘들어도 맞춰 가며 적응해서 살아야 한다고 생각했다. 학교와 학원, 독서실을 오가며 공부에 최선을 다했다. 세상에 편입되고 싶었다. 뒤처지긴 싫었다. 은 근히, 티가 나지 않게 선생님과 아이들의 눈에도 들어야 했다. 누구에게도 미움받지 않는 존재가 되기 위해.

엄마 아빠가 별거 중인 것은 알고 있었다. 그래도 그 사실을 자식에게 들키지 않으려 노력하는 품위 있는 부모를 둬서 다행이라고 여겼다. 현실을 뒷받침해 줄 수 있는 능력 있는 부모님을 둔 것에 감사했다. 공부를 잘해도 형편이 안 되는 아이들을 보아 왔기 때문이다. 불안할 때마다 지우는 늘 문제집을 펼쳤고, 그것으로 불안에서 벗어날 수 있었다.

엄마는 지우가 특목고에 가기를 원했다. 하지만 지우는 잘하는 아이들 속에서 주눅 들고 싶지 않아 일반고를 선택했다. 일반고 중에서도 지우가 선택한 학교는 상위권 아이들이 꽤 많이 모이는 곳이라 특목고만큼 경쟁이 치열했다. 다른 데 한눈을 팔 겨를이나 시간을 빼앗길 여유 같은 건 없었다. 하지만 요즘, 지우는 눈이 걱정이었다.

지우는 눈을 감고 양손으로 눈두덩을 힘주어 눌렀다. 눈앞에 빛이 아른거렸다. 어째서 이런 빛이 자꾸만 찾아오는 것일까. 시간이 지날수록 지우는 겁이 났다. 처음에 빛이 보였을 때는 일시적인 현상이라고 생각했다. 하지만 어느 순간부터 눈앞에 빛이 보이는 일이 늘어났다.

불안한 마음에 며칠 전에는 병원을 찾았다. 지우는 의사에게 처음부터 사실대로 말하지는 않았다. 그냥 눈이 가려워서 왔다고만 했다. 빛 덩어리가 눈앞에 둥둥 떠다닌다는 말을 하면 이상하게 여길까 봐 두려웠다. 눈을 검사한 의사가 아무 이상이 없다고 하자 그제야 지우는 솔직하게 털어놓았고, 제대로 된 정밀 검사를 받았다. 결과는 마찬가지였다.

"일시적으로 오는 증상 같네요."

의사는 마음을 편히 먹으라고 말한 뒤 안구 건조증이 있으니 수시로 인공 눈물을 넣어 주라고 했다.

지우는 양손으로 두 눈을 꾹 누른 뒤 가방에서 인공 눈물을 꺼내 넣었다. 눈꺼풀을 밀어 올리기가 버거워서 눈을 감은 채 더듬더듬 책상에서 침대로 향했다. 잠시 뒤 눈을 가늘게 떠 보았지만 어김없이 눈앞에 빛이 어른거렸다. 지우는 빛 덩어리가 떠가는 곳을 향해 시선을 옮겼다. 빛은 바람에 밀리듯 문으로 향했다. 지우는 침대에서 나와 빛을 따라갔다.

빛은 지우의 방 맞은편 방문 앞에 둥둥 멈추어 있었다. 마치 어서 이 문을 열어 달라는 신호처럼. 지우는 얕은 숨을 내쉬고 문을 열었다. 어둠이 가득한 방. 이 방에 들어서면 신기하게도 빛은 사라졌다. 빛은 이 공간에서 녹아 버렸다.

커튼을 젖혔다. 밖에서 들어오는 인공 불빛 덕분에 형광등을 켜지 않아도 물건의 윤곽이 드러났다.

오늘은 미세 먼지가 '나쁨' 수준이라던 엄마의 말이 떠올랐다.

엄마는 언제부턴가 출근을 하기 전 날씨를 꼭 확인하고 미세 먼지에 대한 정보를 꼼꼼히 살폈다. 오늘은 대기 정체로 밤에도 공기가 나쁘다고 했다. 외출할 때는 꼭 마스크를 착용하고, 집에서도 창문을 오래 열어 두지 말라고 신신당부했다.

창문을 열자 차가운 바람이 방 안으로 불어와 커튼이 부풀었다 가라앉았다. 지우는 숨을 깊이 들이마시고 하늘을 올려다보았다. 둥그런 달만 눈에 들어올 뿐 좀처럼 별을 찾을 수가 없었다. 그나마 눈에 띄게 반짝이는 것이 있었지만, 별이 아니라 인공위성이라는 것을 지우는 알고 있었다.

창가에 천체 망원경이 있었다. 망원경에 눈을 대고 하늘을 올려다보았다. 멀리 있는 것도 가까이 보이게 하는 망원경. 망원경을 통해 크게 보이는 별도 지구에서 몇 광년이나 떨어져 있다고 했다. 지금 우리가 보고 있는 별빛은 아주 오래전에 사라진 별의 것일 수도 있다고.

망원경의 렌즈 방향을 방 쪽으로 옮겨 보았다. 침대와 책상, 모든 것들이 눈앞에 바짝 가까이 다가왔다. 거리감이 없는 사물들은 공포스러웠다. 지우는 렌즈에서 눈을 뗐다.

이 방에서 나가고 싶었다. 하지만 미처 발걸음을 떼기도 전에 휴대폰 문자 알림음이 울렸다. 지우는 바지 주머니에서 휴대폰을 꺼내 문자를 확인했다.

겨울, 별자리 음악 캠프에 초대합니다.
문자를 받으신 분은 홈페이지에
들어와서 확인 부탁드립니다.

지우는 눈을 비비며 문자를 여러 번 읽었다. 느닷없이 찾아온 소식. 문자 아래에는 인터넷 주소가 링크되어 있었다. 스팸 문자나 해킹 프로그램일지 몰라 조심스러웠지만, 주소를 눌러 보았다. 처음 보는 홈페이지로 연결이 되었다.

검푸른 밤하늘에 별들이 촘촘히 박힌 사진이 휴대폰 화면을 가득 채웠다. 그 아래 그랜드 피아노가 놓여 있었다. 밤하늘과 피아노라니, 좀 생뚱맞아 보였다.

홈페이지의 '참여 안내' 버튼을 누르자, 자세한 일정 등이 적힌 안내서가 펼쳐졌다. 이 안내서를 읽고, 문자로 참여 확정 의사를 보내 달라고 적혀 있었다. 지우는 생각했다. 이건 빛이 보낸 초대장일까.

지우는 이상하게 흔들리는 자신을 발견하고는 흠칫 놀랐다. 이럴 때가 아니라고, 우연한 일에 얽매이지 말자고 다짐했다. 지우는 원인과 결과가 확실한 것들에 믿음이 있었다. 지우에게 공부는 노력한 만큼 대가를 주는 뚜렷한 것이었고 선명한 길이었다. 별자리나 이루기 힘든 꿈 따위에 물들고 싶지 않았다. 지우는 이 문자를 지워 버려야겠다고 생각했다. 하지만 삭제를 누르려는 순간, 눈앞에 빛이 반짝하더니 손끝이 떨렸다. 망설이던 지우는 휴대폰 전원을 아예 꺼 버렸다.

3

*

피아노를 치지 못하면

'딩동' 소리와 함께 전광판에 번호가 뜨자 엄마는 종종거리는 발걸음으로 접수대 앞에 섰다. 세민은 엄마의 뒷모습을 무심히 바라보며 처음 귀에서 소리가 난 게 언제였는지 떠올렸다.

봄이었을까, 봄과 여름 사이였을까. 정확히 기억나지 않지만 한낮에는 제법 더워 선풍기를 틀어야 좋은 컨디션을 유지할 수 있는 날이었다.

여느 때와 같이 피아노 연습을 하기 위해 레슨실로 향했다. 선생님은 아직 도착 전이었고 세민은 피아노 앞에 앉았다. 뚜껑을 열고 허리를 곧게 폈다. 악보집을 펼쳐 놓은 채 숨을 골랐다. 건반 위에 양손을 올려놓았다.

전날 밤, 엄마 아빠가 심각하게 나누던 이야기가 떠올랐다. 아르바이트 대학생 누나에게 그만두라고 말해야겠다는, 당장은 인건비를 줄이는 게 최선이라는 이야기였다. 간간이 들려오는 낮은 목소리, 그 사이를 메운 긴 침묵……. 엄마 아빠의 대화는 우울한 피아노 연주곡 같았다. 도저히 끝나지 않을 듯 이어지고 또 이어지는.

세민은 고개를 가로젓고 첫 음을 눌렀다. 그때였다. 삐── 어둡고 탁한 소리가 들려왔다. 처음에는 밖에서 나는 소리인 줄 알았다. 하지만 방음벽이 설치되어 있는 레슨실에 그 정도 소리가 들어올 리 없었다.

세민은 다시 첫 음을 눌렀다. 괜찮았다. 곡은 계속 이어졌다. 가끔 피곤할 때 찾아오는 이명 같은 것이라 생각하고 무심히 넘겼다. 하지만 며칠 뒤 귓속에서 또 소리가 들렸다. 삐── 삐── 길게 이어지는 소리가 머릿속에서 여러 가지 선들을 만들었다. 다섯 줄에서 여섯, 일곱, 여덟 줄……. 악보의 음표들은 자리를 찾지 못해 뒤엉켜 버렸고 연주는 엉망이 되었다. 몸속에 다른 존재가 살고 있는 것이 아닌가. 그 존재가 일상을 방해하고 나서는 것이 아닌가. 소리가 점점 커져서 몸과 마음을 잠식하는 건 아닐까.

"세민아, 우리 차례야."

기다리는 환자가 없어 생각보다 일찍 진료실 안으로 들어갔다. 엄마가 의사에게 자초지종을 설명하는 사이, 세민은 의사의 미세한 표정 변화를 살폈다.

"일단 보죠."

양쪽 귀 사진을 찍고 내시경으로 확인한 의사의 표정이 알 듯 말 듯 했다.

"귀에는 이상이 없네요. 아무래도 신경정신과 진료를 받아 보시는 게 좋을 듯합니다."

의사가 바로 간호사를 불렀다.

신경정신과에서도 오래 기다리지 않고 진료를 볼 수 있었다. 세민은 질문지를 작성하고 이십 분 정도 사전 상담을 받았다. 그 뒤, 엄마와 세민은 의사 앞에 앉았다. 의사는 하얀 이를 드러내고 어색한 미소를 지었다.

"요즘 학생들 많이 힘들죠? 하긴 요새 안 힘든 사람이 있겠어요. 음, 당분간 피아노를 치지 않는 건 어떨까요?"

"무슨 말씀인지……."

"스트레스 때문인 것 같아요. 당분간 피아노를 쉬어 보는 것도 좋은 방법 같은데. 세민아, 넌 어떠니?"

"약은 없어요? 우울증에도 먹는 약이 있잖아요."

세민이 물었다.

"물론 약을 처방해야 할 필요가 있으면 그래야겠지. 하지만 세민이의 경우엔 시간을 가져 보는 게 좋을 것 같아. 다른 환경을 만들어 주거나 새로운 경험을 해 보는 것도 좋고. 자, 다음 진료 시간은 간호사가 알려 줄 겁니다."

세민은 당황하며 엄마 얼굴을 바라보았다.

"일단은 그렇게 하자."

엄마는 아무렇지도 않은 듯 침착한 표정을 지으려 했지만 그럴수록 입가가 어색하게 떨렸다.

진료실에서 나온 엄마는 아무 일도 없었다는 듯 환하게 웃으며 배가 고프다고 말했다. 병원 안에 있는 카페로 들어가 커피와 샌드위치를 주문한 뒤, 피아노 레슨 선생님에게 전화를 걸었다. 선생님이 전화를 받자 엄마는 카페 밖으로 나가 통화를 했다. 그사이 세민은 샌드위치와 커피를 받아 와 자리에 앉았다. 카페 스피커에서 익숙한 피아노곡이 흘러나왔다. 세민은 멍한 표정으로 스피커를 올려다보았다. 저절로 손가락이 움직였다. 귓속에서는 아무 소리도 들리지 않았다. 어째서 자신이 직접 피아노를 칠 때만 귀가 반응을 하는지 알 수가 없었다.

"먹지 않고 왜 그러고 있어."

엄마는 테이블에 앉자마자 샌드위치 포장지를 뜯어 세민의 손에 쥐여 주었다. 세민이 한 입 베어 물자 엄마도 커피 잔을 들고 한 모금 마셨다.

"선생님께 짐 찾으러 간다고 했어."

진료실에서처럼 엄마의 입술이 떨리는 듯했다.

"저 혼자 갔다 올게요. 어차피 악보집이랑 책만 가져오면 돼요."

"그래."

5층에 이르자 엘리베이터 문이 열렸다. 세민이 고개를 숙이고 엘리베이터 밖으로 나온 순간, 바닥에 익숙한 신발이 보였다.

"레슨 끝났어?"

세민이 먼저 말을 걸었다. 주완은 고개를 끄덕이며 들고 있던 팸플릿을 등 뒤로 감추었다.

"뭐야?"

세민이 웃으며 물었다.

"아무것도 아냐."

"그런데 왜 감춰. 줘 봐."

주완은 어색하게 웃으며 팸플릿을 세민 앞으로 내밀었다. 푸르스름한 밤하늘에 박혀 있는 수많은 별들. 그 아래 놓여 있는 그랜드 피아노. 세민은 한 달 전 선생님이 했던 말이 생각났다. 강원도 천문관에서 별자리 캠프가 열리는데 청소년 피아노 연주자가 필요하다고 해서 세민을 추천했다고. 세민은 콩쿠르 준비 틈틈이 연주회 연습을 해 왔다. 부모님이 몹시 기뻐했다. 그 일이 물거품된 것을 알면 엄마 아빠의 실망감이 클 것이다. 세민은 굴이라도 파고 들어가 숨고 싶었다.

"여기서 연주하는 거지?"

주완은 하기 싫은 일을 억지로 맡았다는 듯 떨떠름한 표정을 지으며 그렇다고 말했다. 세민은 주완이 자신의 상황을 알고 있는 것 같다는 느낌을 받았다. 평소의 주완이라면 팸플릿을 받자마자 세민에게 연락해 자랑했을 것이기 때문이다. 세민은 주완 앞에서 한없이 작아지는 자신을 발견했다. 이럴 때는 시원하게 상대를 축하해 주는 것이 덜 초라해 보인다는 것쯤, 알고 있었다.

"잘됐다. 가장 친한 친구 연주회인데 내가 가서 들어 줘야지."

"진짜? 시간이…… 돼?"

"당분간 피아노 쉴 거니까. 오늘도 악보집 가지러 들른 거야."

"아, 그래?"

세민은 주완이 이유를 물을 것만 같았다. 피아노를 쉰다니 그게 무슨 말이야, 하고. 하지만 주완은 아무것도 묻지 않았다. 세민은 조금 민망한 기분으로 팸플릿을 펼쳐 읽어 나갔다. '청소년 별자리 음악 캠프'라는 글자가 눈에 들어왔다.

"이참에 아예 캠프도 참여해야겠다. 자유 좀 누려 봐야지."

세민은 말을 해 놓고 아차 싶었다. 너무 너스레를 떨었나? 하지만 이미 뱉은 말을 주워 담을 수도 없었다.

"그래, 그날 보자."

주완의 표정이 처음보다 밝아졌다.

짐을 챙겨 나온 세민은 어디로 가야 할지 몰랐다. 집과 학교, 레슨실. 일곱 살 때 피아노를 처음 배운 날부터 세 점을 잇듯 반복해서 오갔을 뿐이다. 지금은 무엇인가를 잃어버린 느낌에 사로잡혔다. 신발 밑창이 바닥에 붙어 버린 듯 떨어지지 않았다. 고개를 들어 레슨실 창문을 바라보았다. 선생님이 창가에 서서 자신을 내려다보고 있을 것만 같았다.

"피아노를 치지 않더라도 음악 듣는 건 멈추지 마. 늘 음악을 곁에 둬야 한다. 기다릴게."

선생님의 마지막 말이 잊히지 않았다. 순간, 문자 알림음이 울렸다. 세민은 휴대폰을 확인했다.

> 짐 잘 챙겨 나왔어?
> 세민아, 이번 기회에 네가 하지 못했던 것들 맘껏 해 봐.
> 엄마 아빠는 언제나 널 응원한다.

늘 자신을 응원하고 어떤 상황에서도 믿어 주는 부모님. 세민은 고개를 가로저었다. 가슴이 답답했다. 주변을 한번 둘러보았다. 모든 게 낯설게 느껴졌다. 처음 와 본 곳처럼. 멀리에 작은 공원이 있었다. 그쪽으로 발길을 돌렸다. 의미 없이 뻗어 있는 듯한 나뭇가지들을 바라보며 벤치에 앉았다. 차가운 기운이 엉덩이에서부터 머리끝까지 올라와 오소소 몸을 떨었다.

꽁꽁 얼어 붉어진 손가락을 하늘을 향해 펼쳤다. 무엇이 손이고 무엇이 나뭇가지일까. 피아노를 칠 수 없는 손이 나뭇잎을 모두 떨구어 낸 앙상한 나뭇가지같이 느껴졌다. 세민은 눈을 감았다. 불규칙적으로 다가오는 바람의 리듬에 맞춰 손가락을 움직여 보았다. 가방에서 악보집을 꺼내 펼쳤다. 악보 위의 메모를 눈으로 훑어 나갔다.

우아하고 장엄하게 연주하라는 그라치오소, 부드럽고 아름답게 연주하라는 돌체, 매우 느리게 노래하듯 연주하라는 라르고 칸타빌레, 간결하게 또는 평범하게 연주하라는 셈플리체……. 한때는 의미 가득했던 글자들이지만 이제는 바람 따라 금세 허공으로 날아가 버릴 것 같았다.

그게 모두 날아가 버리면 무엇이 남을까. 갑자기 엄마 아빠 얼굴이 떠올랐다. 쌓여 있는 접시와 그릇들, 엄마 아빠의 몸에서 풍기는 온갖 음식 냄새…….

언제쯤이면 귓속에서 소리가 나지 않을지 마음이 초조했다. 잠재우고 싶어 호흡을 가다듬었지만 소용이 없었다. 그대로 자리에서 일어나 집으로 향했다.

세민은 상담을 받았으니 좋아졌을지도 모른다는 기대감을 안고 피아노 방으로 들어갔다. 입을 다물고 있는 검은 피아노의 뚜껑을 열었다. 선 채로 깊숙이 도를 눌렀다. 음의 여운은 점점 잦아들다가 이내 사라졌다. 레, 미, 파, 솔, 라, 시, 도. 건반을 차례로 깊게 눌러 보았다. 꼬리를 물듯 이어지던 음들이 완전히 사라지고 정적이 찾아왔다. 귓속이 잠잠했다.

부엌에서 따뜻한 정수기 물을 받아 왔다. 두 손으로 컵을 잡아 온기에 손을 녹인 뒤 손을 쥐었다 폈다 하며 근육을 풀었다. 피아노 의자에 앉아 곡을 떠올렸다. 리스트의 「라 캄파넬라」를 활기차게 쳐 보고 싶었다. 가라앉은 기분을 밝게 끌어 올리고 싶었다.

첫 음을 시작으로 가볍게 건반을 터치했다. 깊은 음부터 가벼운 음까지 폭이 넓은 곡이라, 손가락뿐 아니라 팔과 어깨의 움직임이 많은 곡이었다. 세민은 특히 후반부가 좋았다. 이 곡을 칠 때면 어디론가 멀리 떠날 수 있었다. 선율에 마음을 싣다 보면 온몸이 들썩거렸다. 모든 것을 쏟아 낸 듯한 짜릿한 쾌감에 후련했다. 그런데 또다시 귓속에서 소리가 들려오지 않을까 하는 걱정 때문에 곡에 온전히 집중할 수가 없었다. 정신을 차리고 몰입하려는 순간, 삐 ─ 양쪽 귀에서 소리가 크게 울렸다. 완성을 앞둔 그림 위에 검은 물감이 아무렇게나 흩뿌려지듯이. 그 순간 세민의 손은 허공에 머문 채 멈춰 버렸다. 더 이상 연주를 이어 갈 수 없었다. 세민은 주먹으로 피아노 건반을 쾅쾅 두드렸다. 세상을 부숴 버릴 듯 요란한 소리가 울렸다. 세민은 세차게 뚜껑을 닫고 방에서 나와 버렸다.

ㅂ

*

마음이 향하는 곳

지우는 줄 없는 흰 공책 한가운데 검은 점을 찍었다. 손에 힘을 주고 샤프펜슬을 돌려 점을 크게 만들었다. 이제 점은 점이라고 부를 수 없을 만큼 커졌다. 그래도 아랑곳하지 않고 계속 점을 칠해 나가자 공책은 어느새 빈틈도 없이 새까매졌다. 지우는 그 위에 엎드렸다. 흑연 냄새가 코를 찌르고 몸속으로 까만색이 빨려 들어오는 것만 같았다.

몸을 일으켰다. 빛이, 자꾸만 눈앞에 나타나는 빛이 두려웠다. 제발 내게서 떠나가 달라고 마음속으로 되뇌었다. 눈꺼풀을 천천히 밀어 올렸다. 의지와 상관없이 찾아오는 빛. 빛이 움직이기 시작했다. 거부할 수 없는 마법에 걸린 듯 지우는 빛을 따라 걷기 시작했다. 빛은 지우보다 몇 발 앞서 움직이다가 오늘도 건너편 방문 앞에서 멈췄다. 그 문을 열고 들어서자 어김없이 빛은 사라졌다.

지우는 망원경 앞으로 다가갔다. 눈을 바짝 갖다 댄 뒤 하늘을 더듬어 오리온자리를 찾기 시작했다. 망원경 방향을 동남쪽으로 옮겨도 먼지 탓인지 오리온자리는 보이지 않았다. 지우는 망원경에서 두 눈을 떼고 침대 끝자리에 앉아 양팔로 무릎을 그러모았다. 무릎 위에 턱을 받치고 별자리에 관해 생각했다.

오리온자리는 겨울철의 대표적인 별자리로 밝은 별을 많이 거느리고 있다. 모양새는 방패연이나 모래시계처럼 생겼다. 좀 더 상상력을 발휘하면 사냥꾼 오리온이 활을 쏘는 모습을 그려 볼 수 있다. 오리온자리 중심의 밝은 세 별 아래로 붉게 보이는 것은 오리온 대성운이다. 이 성운에서는 지금도 새로운 아기별들이 많이 만들어지고 있다. 새로 태어난 별에서 나온 강한 빛이 성운의 주변부를 푸르스름한 보랏빛으로 물들인다.

이번에는 책꽂이에 꽂혀 있는 별자리 책을 꺼냈다. 손가락으로 천천히, 책 표지의 별자리 모양을 따라 그어 보았다. 표지에 그려진 별과 별 사이는 어림잡아 2~3센티미터밖에 되지 않지만 손가락으로 천천히 따라 그리면 왠지 그 거리가 까마득히 멀게 느껴졌다.

지우는 책장을 넘기려다가 그만두었다. 이런 서성거림은 자신에게 어울리지 않는다고 생각했다. 그런데 이 방에서 벗어나야겠다고 마음먹은 순간, 다시 눈앞에 빛이 어른거렸다. 등줄기가 서늘

했다. 어째서 사라지지 않는 것인지, 놓아주지 않는 것인지. 지우
는 그 빛을 지우려는 듯 두 눈을 꾹 감았다. 그리고 혼잣말을 중얼
거렸다.

"언니, 별자리는 모두 여든여덟 개야. 지금으로부터 수천 년 전
에 메소포타미아 사람들이 처음으로 별자리를 만들었는데, 그 뒤
에 이집트와 그리스로도 전해졌어. 그렇게 전해진 별자리는 신화
나 영웅들의 이야기와 엮이게 되었지. 지금처럼 별자리 수가 여든
여덟 개로 정해진 것은 1928년의 일이랬나? 망원경이 발명된 뒤로
별자리 연구가 활발해졌고, 별자리 수도 여든여덟 개로 표준화된
거야."

꾹 감은 두 눈 속에서 언니의 얼굴이 떠올랐다가 사라졌다.

"언니도 다 아는 얘기지? 언니가 나한테 들려준 거니까. 언니,
여든아홉 번째 별자리는 찾았어? 새로운 별자리를 발견하고 싶다
고 했잖아. 언니, 나는……."

말을 더 이으려는 순간, 머릿속에 유성처럼 떨어졌던 초대장이
떠올랐다. 결국 지우는 참여 확정 문자를 보내고 말았다. 제멋대로
뻗치는 마음의 노선을 지금껏 의지로 막아 왔지만 이번에는 힘이
들었다. 한 번쯤은 마음이 궁금해하는 곳으로 가 보아도 되지 않
을까.

그 순간, 누군가 지우의 등을 감싸 안았다. 지우는 꼼짝 없이 서
있었다. 등이 점점 따뜻해지며 익숙한 향기가 풍겨 왔다. 몸을 감

싸고 있던 손이 스르르 풀리고 향기도 내려앉았다. 몸을 돌려 보니 엄마가 바닥에 주저앉아 있었다.

"엄마."

엄마가 고개를 들었다.

"지우야. 우리 똑똑이 지우. 이 방에 있었네."

엄마는 실없는 웃음을 흘리며 지우의 양 볼을 어루만졌다.

"회식했어. 좀 마셨어. 조금밖에 안 마셨는데 몸이 왜 이러니."

엄마는 정신을 차리려는 듯 손으로 머리를 쓸어 올렸다. 지우는 침대에 기대앉아 눈을 감고 있는 엄마를 무심히 바라보았다.

엄마는 육 개월 동안 휴직을 하고, 다시 일을 시작한 지 보름이 채 되지 않았다. 더 이상은 이렇게 살 수 없다는 것을 엄마 스스로 깨달았다. 지우는 그게 놀랍지 않았다. 엄마가 그런 사람이라는 것은 아주 오래전부터 알고 있었으니까. 지우는 자신도 엄마를 닮았다고 생각했다. 그런데 지금 엄마는 초췌하고 나약해 보였다. 만약 엄마 곁에 아빠가 있다면 어떨까.

지우는 엄마 아빠가 언제부터 서로에게서 멀어졌는지 떠올려 보았다. 엄마 아빠는 소리 내 싸운 적이 없다. 조금씩, 조용히 멀어지고 있었을 뿐이다. 사라지는 아빠의 물건들 때문에 지우도 그 사실을 감지할 수 있었다. 언제부턴가 아빠는 지방 출장을 핑계로 집에 들어오지 않는 날이 늘었고, 그와 함께 아빠의 물건들도 하나둘씩 자취를 감추었다.

아빠가 아예 지방으로 발령이 난 뒤 한번 빠져나간 물건은 다시 돌아오지 않았다. 옷 방에는 아빠의 봄, 여름, 가을 옷이 없었다. 유행이 지난 겨울 코트 몇 벌만이 덩그러니 걸려 있을 뿐이다.

지우는 잠이 들어 버린 엄마의 어깨를 조심스럽게 흔들었다.

"엄마, 방에 가서 자. 엄마?"

엄마의 코트 주머니에서 빛이 깜박였다. 지우는 주머니 속에 손을 넣어 휴대폰을 꺼내 확인했다. 엄마가 아빠를 '애들아빠'로 저장해 두었다는 사실은 처음 알았다. 그 단어는 마치 엄마 자신과는 아무 상관 없는 사람이라는 뜻 같았다. 지우는 긴장된 마음으로 문자를 확인했다. '집에 잘 도착했냐?'라고 묻고 있었다. 엄마 아빠가 문자를 나누고 있을 거라고는 생각도 못 했다. 이미 멀어질 대로 멀어져 버렸다고 생각했는데. 이 문자의 의미는, 아빠가 엄마의 회식을 알고 있었다는 것이다. 그러고 보니 아빠는 최근 전보다 자주 모습을 드러냈다. 주말이면 집에 왔고 잠시나마 아빠의 칫솔이, 면도기가, 옷가지가 집에 머물곤 했다. 물론 어디까지나 잠시였다. 생물학적인 아빠이자 법적인 남편으로서의 의무감에서 비롯된 행동일지도 몰랐다. 그런데도 지우는 아빠가 돌아올지 모른다는 묘한 기대감에 가슴이 뛰었다. 기대감이라니. 지우는 자신의 감정에 놀랐다. 결혼해서 이십 년 가까이 살아온 두 분 사이에 처음처럼 사랑하는 감정이 있으리라고는 생각하지 않았다. 설령 헤어진다 해도 그 결정을 존중할 것이라고 다짐해 왔다.

"지우야, 잘하고 있는 거지?"

지우는 깜짝 놀라서 휴대폰을 얼른 엄마 코트 주머니에 집어넣었다.

"으응."

사실, 어떻게 하는 것이 잘하는 것인지 되묻고 싶었지만 아무 말도 하지 못했다.

문득 지금이라는 생각이 들었다.

"엄마, 2박 3일 동안 캠프에 다녀와도 될까?"

"무슨 캠프?"

"그냥 뭐…… 대학 관련한 캠프."

"너 알아서 해. 넌 언제나 옳은 선택을 했으니까."

엄마는 손으로 바닥을 짚으며 힘겹게 일어났다. 비틀거리듯 몇 발짝 걸어 방을 나갔다. 툭, 방문 닫히는 소리가 오늘따라 긴 여운을 남겼다. 지우는 방을 둘러보았다. 다시, 어둠의 방. 엄마가 이곳에 머물러 있었다는 것이 거짓말처럼 느껴졌다.

5

*

별자리 음악 캠프

천문관 수련장 안에는 중고생들이 서른 명 정도 모여 있었다. 지우는 두세 명씩 짝을 지어 이야기를 나누고 있는 아이들을 둘러보았다. 대부분 친구끼리 온 듯했다. 혼자 서 있는 아이는 나뿐인가 싶었지만 멀리 빨간 점퍼를 입은 여자아이도 덩그러니 떨어져 있었다. 지우의 눈길이 저절로 그 아이에게 향했다.

"학생들은 모두 앞쪽으로 모여 주세요."

진행자로 보이는 선생님이 마이크를 잡고 강단에 섰다. 아이들은 끼리끼리 손을 잡거나 팔짱을 끼고는 앞으로 모였다. 지우는 맨 뒤에 서서 코트 주머니에 양손을 찔러 넣고는 어색한 표정으로 앞쪽을 바라보았다. 그때 한 남자아이가 헐레벌떡 뛰어 들어왔다. 선생님은 늦게 온 남학생도 앞으로 오라고 말했다. 아이들이 모두 그 애를 보았다.

무대의 스크린에 각 조 명단이 적혀 있었다. 아이들이 자기가 속한 조를 찾느라 고개를 두리번거렸다.

"화면 보고 자기 이름 확인해서 조별로 모입시다. 입구에서 나눠 준 명찰도 가슴에 잘 달아 주세요."

지우는 3조 앞으로 다가갔다. 혼자 온 듯한 빨간 점퍼를 입은 여자아이도 지우 옆에 섰다. 지우는 곁눈질로 그 아이의 이름을 보았다. '고등학교 1학년, 정유린'이라고 쓰여 있었다. 뒤늦게 온 남자애도 같은 조였는데 '유세민'이라는 이름이었다. 3조 여섯 명 중 지우와 정유린, 유세민이 모두 고등학교 1학년이었다.

"조별로 모였으면 앞을 봐 주세요."

스크린 화면에는 별에 대한 짧은 글이 띄워져 있었다.

원소들로 이루어진, 별.
인간과 별은 같은 원소로 이루어졌습니다.
따라서 우리는 모두 별과 같은 존재입니다.

선생님이 글을 소리 내어 읽고 아이들 쪽으로 몸을 돌렸다.

"알다시피 이번 캠프의 목적은 우주의 별을 관찰하는 것입니다. 우리가 별을 보는 이유는, 반짝이는 별을 통해 우리 존재를 생각해 볼 수 있기 때문입니다. 우리는 모두 별과 같은 존재라고 적혀 있지요. 즉 서로를 바라보는 것 역시 하늘에 있는 별을 보는 것과 같습니다. 캠프 프로그램 중에 '나의 별에게 편지 쓰기'라는 게 있습니다. 2박 3일 동안 자신이 바라볼 별, 빛나는 친구가 누구일지 지금 제비뽑기로 뽑을 겁니다. 마니또와 비슷한 개념이라고 생각하면 좋겠어요."

아이들이 웅성거렸다.

선생님들이 각 조에 바구니와 종이와 연필을 나누어 주었다.

"종이에 각자 자기 이름을 써서 바구니에 넣고 뽑는 겁니다. 자기 이름을 뽑은 사람은 손을 들어 주세요. 다시 해야 하니까요."

아이들은 쪽지를 펼쳐 이름을 확인했다. 선생님은 누가 자기 별인지 편지를 전해 줄 때까지 비밀을 지켜야 하며 지금부터도 눈치채지 않게 숨겨야 한다고 말했다. 그리고 하늘의 별을 보는 것만큼이나 자기 별의 아름다움을 보려고 노력해야 한다고 말했다. 아이들은 서로를 바라보았다. 의도치 않게 눈이 마주치면 어색하게 웃으며 그 순간을 모면했다.

지우는 자신이 뽑은 이름을 살펴보았다. 유세민. 늦어서 헐레벌떡 뛰어 들어왔던 남자아이였다. 어쩔 수 없이 외모가 가장 먼저 눈에 들어왔다. 키는 170센티미터쯤, 얼굴은 여드름 없이 깨끗하고 피부색도 하얀 편이었다. 쌍꺼풀 없는 눈에 눈동자가 커 보였다. 그런대로 괜찮은 외모라고 생각했다. 세민은 고개를 약간 숙인 채 자신의 발끝만 내려다보고 있었다. 세민의 점퍼 주머니에서 이어폰 줄이 삐져나와 있었다.

"다 뽑았으면 숙소로 이동하겠어요. 숙소는 남자 방, 여자 방 두 개로 구분되어 있어요. 잠시 쉬다가 다시 모여서 자기소개를 할 거예요. 저녁 식사를 하고 나서는 별자리 관찰이 있겠습니다."

진행자 선생님이 말을 마치자 다른 선생님들이 아이들을 안내했다.

지우는 슬며시 유린을 바라보았다. 혼자인 것보다는 친구를 만드는 게 좋을 것 같았기 때문이다. 그러나 한편으로는 이런 노력이 꼭 필요한 것인가 하는 의문도 들었다. 캠프에 온 것이 잘한 일인지도. 자신에게 맞지 않는 옷을 입은 것처럼 어색하고 불편했다. 마음이 왔다 갔다 했다. 지우는 이런 자신이 낯설었다.

"혼자 왔니?"

지우가 말을 걸자 유린은 어색해하며 고개를 끄덕였다.

"나도 혼자 왔는데. 같은 조니까 잘 지내보자."

유린은 "응."이라고 조그맣게 대답하고는 입을 다물어 버렸다. 뻘쭘해진 지우는 잠자코 있을 수밖에 없었다.

짐을 숙소에 두고 세미나실로 향했다. 지우와 유린은 3조라고 쓰여 있는 탁자로 다가가 간격을 두고 앉았다. 아이들은 우선 조장을 뽑기로 했다. 자연스럽게 조장은 가장 나이가 많은 고 2 여자아이로 결정되었다. 조장을 시작으로 저마다 이름과 학교, 이 캠프에

오게 된 이유 등에 대해서 이야기를 나눴다. 하지만 지우는 모든 사정을 털어놓을 수 없었다. 이름과 나이만 이야기하고 색다른 경험을 위해서 찾아왔다고 짧게 얼버무렸다. 세민이라는 아이도 이름과 학년만 말하고는 입을 다물어 버렸다.

저녁 식사 후 설거지 당번으로 지우와 세민이 뽑혔다. 지우는 세민을 슬며시 보았다. 세민은 탁자 위에 올려놓은 자기 손만 내려다보고 있었다. 지우는 세민이 자신의 별이라는 사실을 새삼 떠올렸다.

설거지 시간, 지우가 거품을 내면 세민이 헹궈서 옆 선반에 놓기로 했다. 세민이 자신의 별이기 때문인지 지우는 아무래도 세민의 행동을 유심히 보게 되었다. 세민은 대체로 느리고 조심스러웠다. 옆에 세민이 헹궈야 할 접시가 점점 쌓여 가자 지우는 답답해 입을 열었다.

"좀 빨리해 줄래?"

"알았어."

세민이 조금 더 속도를 내는 것 같아 지우는 말하길 잘했다고 생각했다. 그런데 설거지가 마무리되어 갈 때쯤 지우 옆에서 쨍그랑 소리가 났다. 바닥에 접시가 산산조각 깨져 있었다. 세민은 몸이 얼어붙은 듯 서 있기만 했다.

"뭐 해? 치워야지."

지우가 쪼그리고 앉았다. 그제야 세민도 깨진 접시 조각을 주웠다.

"아!"

얕은 비명 소리에 지우는 고개를 들었다. 세민의 오른손 두 번째 손가락에서 피가 나고 있었다.

"괜찮아?"

지우는 세민의 손목을 잡으며 물었다.

"이거 놔!"

조용하던 세민이 갑자기 돌변했다. 소리를 높이며 지우 손을 탁 쳐 내 버렸다.

지우는 어이가 없었다. 자기 실수로 다쳐 놓고선 화를 내는 것이. 아무래도 한마디해야겠다 싶었다. 그런데 세민은 겁먹은 표정으로, 눈에는 물기가 어려 있었다. 지우는 아무 말도 할 수 없었다. 세민은 일어나 그대로 밖으로 나가 버렸다. 지우는 멀어지는 세민의 뒷모습을 보고만 있었다. 선생님이 다가와 괜찮으냐고 물었다. 지우는 나머지 접시 조각을 선생님과 함께 치웠다.

세민은 금방 돌아오지 않았다. 보건실에 가서 다친 손을 치료하고 있을까. 그 아이의 무례함에 화가 나면서도 조금 전의 쓸쓸한 눈빛을 떠올리자 이상하게 화가 누그러졌다.

설거지를 마치고 지우는 밖으로 나왔다. 사방이 어둠뿐이었다. 차고 시린 바람에 저절로 옷을 여미게 되는 날씨였다. 지평선 바로 위까지 촘촘히 박혀 있는 별들은 손을 뻗으면 잡을 수 있을 것만 같았다. 여기선 원래 이렇게 별이 많이 보이나. 지우는 낯선 시간 속으로 들어가듯 어둠 속으로 한 발 두 발 걸어 들어갔다.

뒤를 돌아보니 어느새 천문관에서 제법 멀어졌다. 천문관 건물이 보일 듯 말 듯 한 풍경 같았다. 너무 멀리 와 버린 것일까. 궤도를 이탈한 불안도 잠시, 지우는 하늘을 쳐다보았다. 헤아릴 수 없는 별들의 빛. 금방이라도 아래로 쏟아질 것만 같은 별빛에 마음이 두려우면서도 벅차올랐다. 별들은 잠시도 가만히 있지 않았다. 계속해서 몸을 떨었다. 미세하게 그 자리에서 움직이고 있었다.

기억 속에서 어떤 목소리가 툭 불거져 나왔다.

'겨울 하늘의 별들을 보면 희미하게 반짝반짝 깜빡이고 있어. 그건 별들이 진짜로 움직이기 때문이 아니야. 대기가 불안정하기 때문이지. 특히 겨울에는 대기를 덮고 있는 차가운 공기를 통해 별들을 올려다보게 되잖아. 대기가 흔들릴 때마다 별빛도 함께 깜빡이는 거야.'

기억은 왜 어딘가 숨어 있다가 불쑥 찾아오는 걸까. 지우는 고개를 가로저으며 한숨을 쉬었다. 너무 멀리 가지 말자고 생각했다.

혹, 하얀 입김이 하늘로 흩어져 사라졌다. 문득 옆으로 고개를 돌렸다. 빨간 점퍼를 입은 아이. 같은 조였던 유린이 저만치에 서 있었다.

"정유린."

지우가 이름을 불렀지만 유린은 못 들었는지 돌아서 가 버렸다.

저 아이는 언제부터 저곳에 있었을까. 지우는 보이지 않는 유린의 뒤를 쫓아 수련장을 향해 걸었다.

아이들은 모두 의자에 앉았다. 선생님의 지시에 따라 각자 옆에 있는 버튼을 누르자 의자가 뒤로 젖혀졌다. 치과 진료 의자에 앉아 있는 기분이었다. 지우는 자기도 모르게 세민을 찾아 고개를 돌렸다. 마침 세민이 들어와 한 자리 건너 옆에 앉았다. 다친 손가락에 거즈가 붙어 있었다.

"자, 모두 하늘을 보세요."

지우는 고개를 젖혀 돔 모양의 천장을 보았다. 실내가 어두워지고 동시에 천장에 인공 별빛이 떠올랐다. 그 사이로 선생님의 목소리가 들려왔다.

"지금 친구들이 보고 있는 하늘은 우리 은하입니다. 우리 은하에는 2000억 개의 별이 있어요. 지금부터 우리 은하 여행을 떠날 겁니다."

천장이 움직이기 시작했다. 순식간에 이곳이 우주선이 된 듯했다. 아이들의 몸은 우주 공간으로 날아올랐다.

아이들은 지구를 벗어나 우주로 들어갔다. 태양을 지나고 달을 지나고 수성과 금성, 목성, 토성을 지났다. 멀리서 보면 똑같이 빛나는 행성이지만 가까이서 보면 저마다 다른 색을 가지고 있었다. 햇살이 닿은 수면의 반짝거림 같은 은하수 속을 유영하는 아이들의 입에서 여기저기 탄성이 뿜어져 나왔다. 어느새 아이들은 지구로 돌아왔고 천장에는 다시 익숙한 밤하늘의 풍경이 펼쳐졌다.

"우리 은하 여행은 어땠나요? 즐거우셨나요? 이제 별빛을 살펴볼까요? 별의 밝기는 1등성에서 6등성까지 나뉩니다. 맨눈으로 볼 수 있는 것은 날씨가 가장 좋아도 6등성까지입니다."

선생님의 말이 끝나자 실내 조도가 더 낮아졌다. 그만큼 별빛은 밝고 선명해졌다. 지우의 눈은 저절로 1등성 별에 닿았다. 저 별처럼 가장 밝게 빛나고 싶었다. 지금까지 그렇게 살아왔고, 앞으로도 그렇게 살아갈 것이라고 다짐했다. 그러자 자신이 저 별들의 중심이 된 느낌이 들었다.

곧 별과 별 사이를 이은 선이 나타났다. 지우는 보자마자 오리온자리라는 걸 알았다. 오리온자리 중에서도 밝은 별 베텔게우스와 리겔이 눈에 들어왔다.

"오리온자리입니다. 오리온자리에서는 특히 별들의 색깔이 잘 관찰되는데요. 여기, 거인의 어깨에 있는 베텔게우스는 붉은빛을 띠고 있고, 다리 쪽의 리겔은 푸른빛을 띠고 있습니다. 별의 색깔은 별의 온도를 말해 줍니다. 붉은 별은 전기난로가 붉게 달아올랐을 때 정도로 비교적 낮은 온도입니다. 반대로 가장 뜨거운 건 푸른 별입니다. 별은 붉은색, 오렌지색, 노란색, 하얀색, 푸른색순으로 뜨겁습니다. 태양은 중간 온도인 노란색 별이죠. 여러분은 어떤 색깔의 별일까요? 한번 생각해 보세요. 우리 마음속 온도를요."

선생님의 말이 끝나자 하늘에 가득했던 별들이 사라지고 깊은 어둠만이 찾아들었다. 아이들의 고요한 숨소리가 이어졌다. 몸을 뒤척이는, 양손을 비비는, 코를 훌쩍이는, 목을 가다듬는 소리…….

지우는 꼼짝없이 눈을 뜨고 검은 천장을, 하늘을 바라보았다. 순간, 푸르스름한 빛이 눈앞에서 아른거리기 시작했다. 잠잠했던 빛이 다시 나타난 것이다. 어쩌면 이 빛은 집에서만 보이는 것일지도 모른다고 생각했는데. 빛이 아른거릴 때면 지우는 중심에서 벗어나는 느낌을 받았다. 빛이 점점 자신에게로 다가오는 것이 느껴졌다. 몸에 저절로 힘이 들어갔다. 뒤로 물러날 곳이 없음에도 자꾸만 등을 의자에 바짝 붙였다. 양손으로 허벅지를 꼬집듯 움켜쥐었다.

'환영일까? 아니면 진짜일까?'

지우는 궁금했다. 다른 아이들에게도 보이는지 아닌지. 그 순간, 어두웠던 천장 밤하늘에서 별들이 하나둘씩 다시 나타나기 시작했고, 눈앞의 푸른빛은 사라졌다. 그나마 조금 안심이 되었다.

선생님의 설명은 계속 이어졌지만 지우는 그 이야기가 들리지 않았다.

"질문 있는 친구 있을까요?"

아이들이 눈치를 살피고 있는 사이, 유린이 손을 들었다.

"외계인이 정말 있나요? 외계인이 사는 행성이 진짜로 있을까요?"

아이들이 키득거리며 유린을 보았다.

"미국의 천문학자 칼 세이건이 말했어요. 이 넓은 우주에 생명체가 사는 곳이 지구뿐이라면 우주라는 공간을 낭비하는 것 아니냐고. 선생님도 동의해요. 아직 발견되지 않았다고 해서 우주에 다른 생명체가 없다고 할 수는 없으니까요."

선생님이 미소를 지으며 다음 질문을 받았다. 몇 번의 질문과 답변이 오가고 선생님은 건물 옥상으로 올라가자고 말했다. 그곳에 천체 망원경이 있다고 했다. 망원경 수가 제한되어 있어 한 사람이 볼 수 있는 시간은 아쉽게도 삼 분 정도라고 했다.

아이들은 모두 일어났다. 지우는 그때까지도 조금 전 보았던 빛에 대해 생각하고 있었다. 빛에서 벗어날 수 없을 것만 같았다. 조금씩 나타나던 빛이, 이곳에서 푸른색을 띠며 크고 뜨거워졌다.

어느새 옥상에 이르렀다. 겨울바람은 살을 엘 듯 시리고 차가웠다. 선생님은 조별로 모여 차례를 지키며 망원경을 보겠다고 말했다. 보조 선생님들이 아이들을 안내했다. 지우도 양손을 코트 주머니에 깊숙이 넣고는 줄을 섰다. 세민이 맨 앞에 서서 망원경으로 하늘의 별을 보고 있었다. 지우는 이상하게 별을 보고 싶지 않았다. 푸른빛이 또 어른거릴까 봐 두려웠다. 보조 선생님께 다가가 배가 아프다고 말했다.

지우는 휴게실로 내려왔다. 하얀빛을 뿜어내는 형광등을 올려다보았다. 어둠 속에 있고 싶지 않았다. 이렇게 환한 불빛 아래에 있는 것이 좋았다. 이러면 다른 빛은 보이지 않을 테니까. 지우는 눈싸움을 하듯 동그랗게 눈을 뜨고만 있었다. 그때 이쪽으로 다가오는 아이가 있었다. 세민이었다. 세민은 지우를 못 보았는지 멀찍이 떨어진 자리에 앉았다. 고개를 약간 숙인 탓에 머리카락에 눈이 가려졌다.

'저 애가 나의 별이라고.'

지우는 세민을 지그시 바라보았다. 세민의 움직임은 조심스러웠다. 가라앉은 듯 보였다. 이곳에 있지만 다른 곳에 있는 듯, 사람들 속에 있지만 등을 돌리고 앉아 있는 듯. 그때 지우와 세민의 눈이 마주쳤다.

"손은 괜찮니?"

지우가 말을 걸자 세민이 얼른 다친 손을 가렸다.

"괜찮아."

혼잣말처럼 작게 말한 뒤 또 입을 다물어 버렸다. 이상하게 신경이 쓰였다. 손을 다쳤을 때 세민이 보였던 눈빛이, 무엇인가를 말하고 있는 듯했던 그 눈빛이, 마음에 걸렸다. 해독할 수 없는 어려운 언어를 앞에 둔 것 같았다. 이런 느낌은 처음이라 당황스러웠다.

지우는 누군가를 살펴보며 살지 않았다. 앞만 보고 달리는 지우에게 다른 사람을 지켜볼 여유나 인내심은 없었다. 종종 아이들에게 차갑다는 이야기를 듣곤 했다. 그 차가움이 지우의 무기였고 방

패였다.

그런데 어째서 세민이 끼어드는 것일까. 단지 세민이 자신의 별이기 때문에? 지우는 이런 상황 자체가 싫어져서 고개를 가로저었다. 자기답지 않다고 여겼다. 지우는 자리에서 일어났다. 이곳에서 벗어나면 관심도 사라질 테니까. 지우는 세미나실을 향해 걸음을 옮겼다.

망원경으로 별자리를 관찰한 아이들이 세미나실로 모여들었다. 자유롭게 얘기를 나누는 시간이었다. 고요했던 곳이 곧 시끌벅적해졌다.

선생님들이 테이블 위에 음료수와 과자를 올려놓았다. 아이들은 신이 나서 과자 봉지를 뜯으며 공부와 대학, 진로에 대해서 이야기를 나눴다. 좋아하는 연예인, 아이돌 얘기도 나왔다. 무엇보다 어떻게 하면 좋은 대학, 좋은 과에 가서 원하는 직업을 갖느냐가 모두의 고민인 것 같았다. 같은 관심사를 가진 아이들은 그 공통점으로 쉽게 가까워지고 공감대를 만들어 나갔다. 지우는 이런 대화를 나누는 게 좋았다. 평범한 세상에 속한 기분이 들었다. 발이 닿는 선명한 세상 같았다.

그런데 세민이 슬며시 자리에서 일어나 밖으로 나갔다. 어느새 지우의 시선도 세민을 따라 움직였다. 세민이 문밖으로 나가 버린 뒤 지우는 유린 쪽으로 고개를 돌렸다. 둘의 눈이 마주쳤다. 유린은 몰래 훔쳐보다가 들킨 사람처럼 어색하게 고개를 돌렸다.

'뭐지?'

지우는 생각했다. 설마 내가 저 애의 별인 걸까? 어쩐지 달갑지 않은 기분이었다.

"우리 게임할까?"

조장의 제안에 게임이 시작되었고 테이블 주변이 시끌벅적해졌다. 게임을 할 때도 이야기를 할 때도 유린은 끼지 못하고 혼자 겉돌았다.

한차례 게임이 끝이 났는데도 세민은 들어오지 않았다. 지우는 화장실을 갔다 오겠다고 말한 뒤 자리에서 일어났다. 화장실에 들렀다가 세민을 찾아보았지만, 강당이나 식당 쪽에도 세민은 없었다. 지우는 밖으로 향하는 문을 밀고 나섰다. 밖은 깊고 짙은 어둠 속에 잠겨 있었다. 빛이라고는 하늘의 별밖에 없었다. 순간, 심장이 두근거렸다. 알 수 없는 불안이 차올랐다. 지우는 정신을 곤두세우고 주변을 둘러보았다. 멀리, 하얀 점퍼 자락이 보였다. 지우는 조심조심 그쪽으로 걸어갔다.

세민은 귀에 이어폰을 꽂고 있었다. 세민의 손이 허공에 닿아 있었다. 춤 같기도 하고 지휘 같기도 한, 손가락의 섬세한 움직임이 보였다.

그 순간 지우의 눈앞에 빛이 아른거렸다. 지우는 양손으로 두 눈을 가렸다. 하나, 둘, 셋……. 마음속으로 숫자를 세었다. 열까지 세고 나면 빛이 사라지기를 바랐다.

지우는 열까지 세고 눈에서 손을 뗐다. 빛이 사라진 자리에 세민이 서 있었다. 그 아이가 별처럼 빛나 보였다. 두려움의 빛이 아닌 설렘의 빛, 피하고 싶은 빛이 아닌 내리쬐이고 싶은 빛. 지우는 그 빛에 가까이 가고 싶었다. 그런데 발이 떨어지지 않았다. 알고 싶은 별이 바로 저 앞에 있는데, 가서 말을 걸어도 상관없을 텐데 이상하게 다가갈 수 없었다.

*

별에게 쓴 편지

다음 날 오전에는 별 만들기 수업을 했다. 점심 식사로 햄버거를 먹고 주변 길을 산책하는 동안, 지우는 어느새 다른 조 아이들과도 가까워졌다.

아이들은 숙소에서 잠시 쉬는 시간을 가졌다. 지우는 벽에 기대 앉아 아이들의 이야기를 듣고 있었다. 노크 소리와 함께 선생님이 들어왔다.

"잘 쉬고 있어요? 이제 잠시 뒤 저녁 시간에는 별자리 음악 여행이 예정되어 있고, 그 뒤에는 나의 별에게 편지 쓰기를 할 겁니다. 5시까지 식당으로 모여 주세요."

선생님이 나간 뒤 아이들의 수다가 다시 이어졌다. 지우는 어젯밤 꿈이 떠올랐다. 하루 종일 머릿속에 떠올랐다가 사라졌다가 하기를 반복하는 꿈. 빛을 보았다. 두려움의 빛이 아닌, 머물고 싶은 빛. 빛은 모양이 자유자재로 바뀌었다. 둥글었다가 나선형이 되었다가 길게 늘어나기도 했다. 꿈속에서는 빛이 두렵지 않았다. 오히려 지우가 빛 쪽으로 가까이 다가갔다. 빛 테두리에 둘러싸여 있는 얼굴이 보였다. 지우는 흐느끼며 그 얼굴을 따라갔다. 하지만 빛은 그만큼 뒤로 멀어졌다. 얼굴은 점점 작아지다가 사라져 버렸다.

꿈에서 깨어나고 지우는 그 얼굴에 대해 생각했다. 처음 빛이 보였던 순간과 망원경이 있는 방에 대해서도. 갑자기 가슴속에서 울컥하는 감정이 솟아올랐다. 지우는 그 마음을 애써 내리눌렀다. 그때 아이들과 멀찍이 떨어져 앉아 있던 유린과 눈이 마주쳤다. 이번에는 유린이 눈길을 피하지 않았다.

"이 언니 너무 멋있지 않냐?"

옆의 아이가 휴대폰 사진을 지우에게 보여 주며 말했다. 지우는 유린에게서 시선을 거두고 그 아이에게 집중했다. 휴대폰 속에는 아이돌들의 사진이 가득했다.

'왜 자꾸 나를 쳐다보지? 무슨 할 말이 있는 걸까?'

지우는 유린이 의식됐지만 애써 다른 애와 머리를 맞대고 웃으며 이야기를 나누었다.

저녁 식사 중에도 세민은 혼자 떨어져서 밥을 먹었다. 유린도 마찬가지였다. 지우는 틈틈이 두 아이를 살펴보았는데 둘의 느낌은 조금 달랐다. 세민은 자발적 외톨이를 선택한 듯했지만 유린은 투명 인간이었다. 존재하지만 보이지 않는. 외모에서 풍기는 이미지가 한몫하는 것 같았다. 입고 있는 옷과 스타일이 추레했다. 화장까지는 아니어도 보통은 입술에 틴트 정도는 바르고 다니는데, 유린은 관심이 없는 건지 아니면 꾸미기를 싫어하는 건지 알 수 없었다.

"식사 마친 학생들은 로비로 이동해 주세요."

선생님의 말에 아이들은 하나둘 자리에서 일어났다.

로비 외벽은 유리로 되어 있어 바깥 풍경이 한눈에 보였다. 유리에 비친 아이들의 모습은 마치 바깥과 안쪽의 경계에 존재하는 것 같았다. 지우는 그 경계 너머에 있는 하늘을 쳐다보았다. 밤의 색깔은 한 가지 색으로 표현할 수가 없었다. 굳이 설명을 하자면 보랏빛을 띠는 푸르스름한 검정이라고 해야 할까.

로비 앞 무대에는 검은색 그랜드 피아노와 의자가 놓여 있었다. 지우는 유리창에 비친 아이들 속에서 세민을 찾았다. 세민은 보이지 않고 또다시 맨 뒤에 앉아 있던 유린과 눈이 마주쳤다. 그만 보라고 따질 수도 없고, 먼저 다가가고 싶지도 않고 애매한 상황이라는 생각만 들었다.

공연이 시작되기 전 선생님이 마이크를 잡았다.

"별빛과 음악에는 공통점이 있습니다. 입자와 파동으로 이루어졌다는 거예요. 입자와 파동은 빛과 선율의 필수 요소이기도 합니다. 다소 어려운 이야기죠. 앞에 피아노가 있습니다. 피아노와 별자리에도 공통점이 있어요. 혹시 알고 있는 친구가 있을까요?"

아무도 대답을 하지 않았다. 선생님은 그럴 줄 알았다는 듯 여유롭게 웃으며 입을 열었다.

"별자리 수도 여든여덟 개이고 피아노 건반 수도 여든여덟 개라는 겁니다. 이처럼 별과 음악 선율, 특히 피아노는 서로 닮은 듯해요. 말로 설명하는 것보다는 직접 느껴 보는 것이 좋겠죠. 그럼 연주회를 시작하겠습니다. 특별히 이번 공연은 여러분과 같은 또래인 김주완 친구가 연주를 해 줄 겁니다. 김주완 친구는 여러 콩쿠르에서 입상한 경력이 있습니다. 첫 곡은 쇼팽의 「야상곡 2번」입니다. 야상곡은 말 그대로 밤의 분위기에 영감을 받아 작곡되거나 밤의 정서를 환기하는 음악 작품을 말합니다. 특히 쇼팽의 「야상곡 2번」은 영화나 광고 음악으로도 많이 쓰여 친구들의 귀에 익숙할 거예요. 그럼 시작하겠습니다. 김주완 군입니다!"

선생님이 무대에서 내려오고 정장을 차려입은 남자아이가 무대 위로 올라왔다. 연주자가 아이들을 향해 인사하자 모두 환호하며 박수를 쳤다. 연주자가 의자에 앉았다. 기도하듯 고개를 숙이고 깊은숨을 몰아쉬었다. 천천히 고개를 들어 천장을 바라보았다. 객석에서는 긴장한 듯 침묵이 흘렀다. 연주자의 허벅지 위에 있던 양손이 바람을 타는 새의 날갯짓처럼 날아올라 건반 위에 내려앉았다. 깃털처럼 가볍게 손가락이 움직이기 시작했다. 구슬이 굴러가듯,

물이 흐르듯 맑은 소리가 공간을 채웠다.

연주회가 시작되기 전까지만 해도 지우는 이 시간이 가장 지루하지 않을까 여겼다. 그런데 예상과 달리 유리창 너머로 떨고 있는 별과 피아노 선율이 묘하게 잘 어울렸다. 새로운 이야기가 만들어지는 듯했다. 지우는 오리온자리에 얽힌 신화를 떠올렸다. 오리온이 목숨을 걸고 사랑한 달의 여신 아르테미스, 그 둘의 사랑 이야기를. 피아노 선율에서 깊고 애달픈 밤의 사랑이 느껴졌다.

지우는 슬며시 주변을 둘러보았다. 언제 들어왔는지 뒤쪽에 세민이 앉아 있었다. 세민은 주완에게서 눈을 떼지 않고 있었다. 아련하면서도 어딘가 뜨거운 눈빛이었다. 지우는 세민의 모습에서 눈을 돌릴 수가 없었다. 어젯밤, 귀에 이어폰을 꽂고 허공에서 손가락을 움직이던 모습이 겹쳐졌다.

다음 곡이 시작되고 지우가 뒤를 돌아보았을 때는 세민의 자리가 비어 있었다. 어디로 사라진 것일까. 그 생각이 지우를 놓아주지 않았다.

연주회가 끝나자, 아이들은 로비에서 웅성거렸다. 지우도 아이들과 섞여 있다가 주완과 세민이 이야기 나누는 모습을 보았다. 함께 웃으며 대화를 나누는 게 친근해 보였다. 주완과 세민은 악수를 하고 헤어졌다. 그사이 유린이 주완의 곁으로 다가섰다. 둘은 잠깐 이야기를 나누더니 유린이 내민 종이에 주완이 무엇인가를 써 주었다.

"지우야, 얼른 가자."

조장 언니가 지우의 팔짱을 끼며 말했다. 지우는 언니와 함께 다음 일정이 있는 세미나실로 향했다.

"다 모였어요?"

선생님이 아이들을 둘러보고 말을 이었다.

"이번 캠프의 마지막 프로그램, 별에게 편지를 쓰는 시간입니다. 자유롭게 원하는 장소에서 쓰면 됩니다. 편지는 내일 아침 퇴소 전에 각자의 별에게 직접 전해 줄 겁니다."

지우는 편지지와 펜을 챙겨 로비로 나왔다. 로비 한쪽에 자리를 잡고 세민을 떠올리며 편지를 써 나가기 시작했다.

편지를 다 쓴 지우는 편지지를 봉투에 넣었다. 스티커로 입구를 봉하고 나니, 왠지 서운하고 아쉬운 마음이 들었다. 지금까지 세민과 나눈 대화가 몇 마디 되지 않았다. 좀 더 많이 알고 가까워졌으면 좋았을 텐데.

세민도 이곳 어딘가에서 자기 별에게 편지를 쓰고 있을 거라고 생각하니 가슴이 두근거렸다. 어쩌면 가까이에 세민이 있지 않을까. 이야기를 나눌 기회가 있지 않을까. 그 순간 어젯밤 세민을 본 장소가 떠올랐다. 지우는 서둘러 그곳으로 향했다.

하지만 텅 빈 공간에는 공허한 바람만이 휘몰아치고 있었다. 지우는 가슴에 커다란 구멍이 뚫린 것만 같았다. 세민이 그랬던 것처럼 허공에 양손을 올렸다. 검은 하늘에 떠 있는 양손을 물끄러미 바라보았다. 손가락 끝에 별이 닿아 있었다. 지우의 시선은 밤하늘에 흩뿌려져 있는 별들에게로 향했다. 세민의 눈빛이 떠올랐다. 지우는 내일, 편지를 주면서 그 아이와 이야기를 나눌 수 있을 거라고 마음을 달랬다. 손에 쥔 편지를 가만히 내려다보았다. 왠지 모를 안도감이 밀려들었다.

다음 날, 아침 식사를 마친 아이들은 헤어지는 것이 아쉬워 연락처를 주고받았다. 지우도 아이들 속에 섞여 있었다. 모두 로비로 모이라는 선생님의 목소리가 들려왔다. 편지를 쥔 지우의 손에 힘이 들어갔다. 세민에게 편지를 전해 줄 생각에 가슴이 뛰었다.

설렘이 절망으로 바뀐 것은 순식간이었다. 편지를 주고받는 아이들의 얼굴을 일일이 보아도 세민은 없었다. 지우가 초조한 마음으로 아이들 사이를 오가고 있을 때, 유린이 지우 앞에 바짝 붙어 섰다.

"무슨 일이야?"

유린은 쑥스러운 듯 웃으며 지우 앞으로 편지를 내밀었다.

"네가 내 별이었어."

지우는 역시 그랬구나, 싶었지만 달갑지 않은 마음을 숨길 수 없었다. 편지를 받아들고 "잘 읽을게."라고만 짧게 말했다. 편지를 주머니에 넣고는 유린을 그대로 지나쳤다. 지우는 세민을 찾았지만, 아무리 보아도 없었다. 점점 초조해졌다. 이런 모습을 아무에게도 들키고 싶지 않았다. 애써 침착하자고 다짐했다. 지우는 선생님을 향해 천천히 걸어가서 세민에 대해 물었다.

"어젯밤에 집으로 돌아갔어. 개인적인 사정이 생겨서."

"아, 네."

지우는 깊은숨을 내쉬며 돌아섰다.

이제 이곳을 떠나야 한다. 지우는 터벅터벅 걸었다. 걷다 보니, 눈앞에 쓰레기통이 보였다. 주머니에서 편지를 꺼냈다. 편지와 쓰레기통을 몇 번이고 번갈아 보았다. 하지만 결국 고개를 가로저으며 쓰레기통에서 눈을 거두었다. 코트 주머니 깊숙이 편지를 집어넣었다.

지우는 천문관을 나서며 잠시 멈춰 서서 뒤를 돌아보았다. 차가운 공기가 얼굴을 스쳤다. 눈이 시렸다. 하지만 눈길을 걷어 낼 수가 없었다. 저 곳에 소중한 무엇인가를 두고 온 듯해서.

7

*

이런 고민은 사치인 걸까

세민은 눈을 떴다. 머리맡에 둔 휴대폰으로 시간을 확인하니, 오전 11시. 똑바로 누워 천장을 뚫어져라 보았다. 피아노를 치던 주완의 모습이 아른거렸다. 가벼운 손놀림, 선율에 따라 움직이던 몸짓. 아니, 스스로 선율을 만들어 내던 주완의 몸짓. 주완의 연주는 그곳에서 정말 빛이 났다.

자신이 그곳에 앉아 연주하는 장면을 상상했다. 세민은 공연이 끝난 뒤 허무함을 견딜 수 없을 때가 많았다. 소리는 순간 반짝였다가 금세 사라지는 것이었다. 늘 같은 소리를 재현할 수는 없다. 그 사실이 슬퍼서 박수를 받아도 눈물이 났던 기억이 아직도 생생하다.

주완의 연주가 마무리될 무렵 세민은 다시 로비로 돌아와 웃으며 이야기를 나누었지만, 어떤 말을 했는지 기억나지 않았다. 연주회가 끝난 뒤 세민은 어제 밤중에 집으로 돌아와 버렸다.

집 안이 고요하다. 엄마 아빠는 장사 준비를 위해 나간 뒤였고 식탁 위에 음식과 쪽지가 있었다. 세민은 차려진 밥을 먹는 대신 찬장에서 컵라면을 꺼냈다. 전기 포트에서 물이 금방 끓어올랐다. 라면 용기에 물을 붓고 기다리는데 저절로 피아노가 있는 방으로 시선이 갔다. 세민은 늘 이 시간에 피아노 연습을 했다. 반복됐던 일과도 이제 달라져 버렸다.

순간 이동을 하듯 세민은 일곱 살 때로 돌아갔다. 엄마와 어딘가로 이동하던 중, 백화점 앞 무대에서 피아노 소리가 들려왔다. 세상의 모든 소음이 사라지고 오로지 피아노 선율만 들리던 순간. 세민은 더 듣고 가자고 엄마를 졸랐다. 엄마는 약속 시간에 늦었다고 했지만 어린 세민의 고집을 꺾을 수는 없었다.

무대 중앙에 그랜드 피아노가 있었다. 세민에게 그 피아노는 거대한 로봇보다 웅장하고 멋진, 살아 있는 생명체처럼 보였다. 연주자가 손가락으로 숨을 불어넣어 피아노를 살아 움직이게 하는 것 같았다. 세민도 폼나는 마술사가 되고 싶었다. 엄마에게 피아노 학원에 보내 달라고 졸랐다.

몇 개월 뒤, 학원에서 첫 발표회가 있었다. 단정하게 각이 선 연미복을 입고 피아노 앞에 앉은 순간, 무대 아래 관객들이 모두 자신을 올려다보았을 때 느낀 떨림과 긴장감을 잊을 수가 없다.

피아노는, 마법 상자다. 연주자는 여든여덟 개의 건반으로 세상에 있는 모든 것을 만들어 낼 수 있는 마법사라고 믿었다. 그것으로 세상을 다 가질 수 있을 것만 같았다. 십 년 동안 피아노가 아닌 다른 것을, 피아노 없는 미래를 상상해 본 적이 없었다.

세민은 일어나 피아노 방 앞에 섰다. 두려운 마음으로 방문을 열었다. 검은 생명체가 입을 다물고 있었다. 세민은 억지로 그 입을 벌리듯 뚜껑을 열었다. 디지털 피아노보다 나무 피아노가 좋았다. 손가락의 깊이에 따라 소리를 달리 내는 아날로그 피아노. 마치 대화를 나누는 듯했다. 살짝 건드리면 그만큼의 소리를 전하고, 우울한 날 깊게 터치하면 위로를 주듯 진한 울림을 냈다.

세민은 손가락에 붙어 있는 거즈를 뜯었다. 깨진 그릇에 베인 상처는 얼추 아물었지만 아직도 조금 쓰라리긴 했다. 참을 만했다. 건반을 차례로 눌러 보았다. 달콤한 초콜릿 한 조각을 혀 위에 올려놓은 듯 가벼운 설렘이 느껴졌다. 손을 풀 때 쓰는 간단한 곡을 쳐 보았다. 수면 위에 퍼지는 물결처럼 선율은 둥근 파동을 만들었다. 부드럽게 이어지는 소리가 좋았다. 엄마 아빠가 조율사를 불러 음을 맞춰 놓은 것을 알 수 있었다. 약간의 부담감이 마음을 내리눌렀지만 이 정도는 아무렇지 않게 넘기고 싶었다.

눈을 감고 숨을 골랐다. 연주할 곡은 주완이 쳤던 쇼팽의 「야상곡 2번」이다.

왼손의 반주는 처음부터 끝까지 거의 동일한 템포로 이어진다. 하지만 오른손은 자유로운 템포가 허용된다. 오페라의 아리아를 피아노 작품으로 표현하고 싶었던 쇼팽은 이 곡에서 연주자의 재량에 따라 템포의 변화가 두드러지는 루바토, 트릴 등의 기법을 활용했다. 세민은 특히 후반부의 카덴차에 심혈을 기울이곤 했다.

세민은 나비의 날갯짓처럼 사뿐히 손가락을 들어 올려 손끝에 많은 감정을 모아 첫 음을 눌렀다. 그 순간 또다시 귓속으로 파고드는 앙칼진 쇳소리. 마치 나비를 잡아먹으려는 천적처럼.

"도대체 왜 이러는 거야! 왜! 왜!"

화가 나 견딜 수가 없었다. 피아노 뚜껑을 세차게 닫아 버렸다.

밖으로 뛰쳐나와 달렸다. 건반 위에서 방향을 잃은 손가락처럼 목적지 없이 뛰었다. 가슴이 막혀 오고 토가 나올 듯 속이 울렁거렸다. 그제야 간신히 몸을 멈추고 집 쪽을 바라보았다. 앙상한 나뭇가지 사이로 보이는 이층집. 나뭇가지는 건물의 벽을 가르는 금처럼 보였다. 언제든 무너질 수 있다는 듯. 저 집을 유지하기 위해 부모님은 아르바이트 직원도 두지 않고 늦게까지 일했다. 아빠는 배달을 하면서 크고 작은 사고를 겪기도 했다. 그래도 세민을 위해서라면 이런 고생쯤은 늘, 괜찮다고 이야기했다. 엄마 아빠의 말이 아무렇지 않았던 적이 있었다. 정말 괜찮으니까, 견딜 만하니까 그렇게 말하는 것이라고. 자신을 위해 힘들게 일하는 부모님을 생각해서 더 열심히 해야 한다고 다짐하곤 했다. 하지만 이제 정말 물거품이 되었다.

세민은 양손을 내려다보았다. 손가락 마디마디에 무겁고 거대한 추가 달려 있는 듯했다. 그전에도 도에서 레로, 레에서 미로 손가락을 옮기는 것조차 힘들 때가 종종 있었다. 그럴 때면 오선지의 음표들도 생명력 없는 검은 돌덩어리처럼 보였다.

세민 정도의 실력을 갖춘 아이들은 많았다. 그 애들이 점점 치고 올라오는데 자기는 지금 사치를 부리는 것이 아닐까. 소리는 언제쯤 사라질까. 언젠가 사라지기는 하는 걸까. 그제야 추위가 느껴졌다. 점퍼도 입지 않고 맨발에 운동화를 구겨 신은 채 나왔다. 추위를 피하고 싶은데 집으로 돌아가기가 겁이 났다.

*
유린의 편지

    캠프에서 돌아온 지우는 가방을 방바닥에 팽개치고 쓰러지듯 침대에 누웠다. 네모반듯한 방을 둘러보았다. 문제집과 책들로 뒤덮인 방. 편안했다. 자신이 있어야 할 자리로 돌아온 듯했다. 눈을 감자 어느새 스르르 졸음이 밀려왔다.

    지우가 잠에서 깬 것은 문자 알림음이 울려서였다. 엄마였다. 잘 갔다 왔냐는 물음에 지우는 귀찮은 듯 'ㅇㅇ'이라고만 답을 보냈다. 저녁에 약속이 있으니 밥 잘 챙겨 먹고 있으라는 문자가 연이어 도착했다. 오후 6시. 밖은 이미 해가 지고 조금 어둑해져 있었다.

    지우는 일어나 가만히 앉아 있었다. 고요함이 머문 방. 세민이 떠올랐다. 집에 오면 괜찮을지도 모른다고 생각했는데. 지우는 두 근거리는 가슴에 손을 얹고 눈을 감았다 떴다.

건너편 방문을 열자 어둠이 지우를 맞이했다. 지우는 어둠 가운데 앉았다. 휴대폰을 꺼내 유튜브에서 음악을 검색해 캠프에서 들었던 곡을 틀었다. 유명 피아니스트가 연주한 쇼팽의 「야상곡 2번」. 음악의 볼륨을 키웠다. 그때와 같은 듯 다른 선율이었다. 피아니스트에 따라 같은 곡도 달리 느껴지는구나 싶었다. 연주회가 열리는 동안 잠시 사라졌던 세민. 세민이 걸을 때 주머니에 손을 넣고 있었는지 아닌지, 그 손이 오른손이었는지 왼손이었는지. 그 아이와 눈이 마주칠 때마다 슬그머니 눈길을 돌렸던 자신의 모습이 뒤이어 그려졌다.

주머니 속에서 주지 못한 편지를 꺼냈다. 단단히 봉해 있는 편지를 뜯어서 읽어 볼까 하다가 그만두었다. 그때 감정을 고스란히 담아 두고 싶었다. 그 대신 자신이 썼던 내용을 더듬더듬 기억해 나갔다. 가장 먼저 다친 손에 대해 물었던 것 같다. 그날 멀리서 보았던 모습, 손가락을 허공에 대고 움직이던 것에 대해서도. 줄곧 말이 없었던 것, 가려진 머리카락 틈으로 간간이 보이던 눈빛에 대해서도. 그리고 또 무슨 이야기를 썼을까. 하루 전의 일인데도 오래 전처럼 기억이 흐릿했다.

지우는 망원경을 들여다보았다. 아직 푸르스름한 저녁이라 별이 보이지 않았다. 세민도 그처럼 닿을 수 없는 곳으로 사라져 버린 것 같았다. 그 순간, 슬며시 떠오르는 목소리.

'별은 언제나 존재하고 있어. 보이지 않을 뿐이야.'

지우는 세민도 보이지 않을 뿐 어딘가에 있을 거라고 생각하기로 했다.

지우는 이 기묘한 감정이 불안하면서도 싫지 않았다. 앞만 보고 달렸을 때는 느낄 수 없었던 감정들. 멈춰서 한곳에 머물러야만 떠오르는 감정들. 다시, 목소리가 들려왔다.

'완전한 어둠 속에 있다 보면, 내가 아무것도 아니라는 생각이 들어. 그럼 묘한 편안함을 느껴. 그때 우주를 봐. 가장 먼저 눈에 띄는 별을 내 별로 만드는 거야. 그 별에 내 마음을 모두 쏟아부으면 마치 그 별이 날 위로하기 위해서 빛나고 있다는 믿음이 생겨.'

지우는 목소리에 귀를 기울였다. 암막 커튼을 치고 방을 어둡게 만들었다. 지우도 그런 시간과 공간을 느껴 보고 싶었다. 눈을 감자 완벽한 어둠 속에 놓인 듯했다. 세민의 얼굴이 떠올랐다. 그 아이는 어째서 슬픈 눈빛을 짓고 있었을까.

지우는 스스로 한 가지 다짐을 했다. 일주일이 지나도 세민의 얼굴이 지워지지 않으면 그 아이를 만나기로. 만나서 이 편지를 전해 주기로. 하지만 어떻게?

주머니에 손을 집어넣었다. 세민에게 쓴 편지 말고도 유린이 준 편지도 같이 따라 나왔다. 빨간 점퍼의 우울한 얼굴이 스치듯 지나갔다. 뒤늦게야 유린의 편지를 열어 읽어 보았다.

나의 별 지우에게

안녕, 지우야.

나는 너에게서 나는 많은 소리를 들었어. 가장 좋았던 것은 밥 먹을 때 나는 소리. 깍두기를 아삭아삭 씹어 먹으며 내는 웃음소리.

눈밭을 걸을 때 네 발소리는 뽀드득뽀드득 경쾌하고 시원했지. 하지만 슬리퍼를 신고 복도를 걸을 때는 뭔가 조심스러웠어. 누군가를 찾고 있는 듯한 소리. 너는 초조해하는 것 같았어. 이유는 알 수 없었지만 그때 네가 조금 걱정됐던 것 같아.

또 좋았던 소리는 네 목소리. 처음으로 나한테 말을 걸어 주었을 때. 난 표현이 서툴러서 어떻게 해야 할지 몰랐지만 네가 내 이름을 불러 줘서 무척 좋았어.

아이들과 함께 있을 때도 내 귀에는 네 소리만 들렸어. 네가 말이 없을 때는 어김없이 누군가를 보고 있더라. 세민이. 어쩌면 그 애가 너의 별일지도 모른다고 생각했어. 맞니?

너는 아이들 속에 함께 있는 것 같으면서도 어쩐지 혼자 있는 듯 외로워 보였어. 그 모습이 나와 비슷하게 느껴졌나 봐. 네가 점점 더 궁금해졌고 알고 싶어졌어. 너는 나한테 관심이 없는 것 같아서 조금 서운했지만 어쩔 수 없는 일이라는 것도 알아.

그거 알아? 깊이 잠들었을 때 네 숨소리가 무척 포근했어. 근데 첫째 날 밤에는 네가 잠꼬대 같은 말을 하더라. 그러고 나서 조금

흐느끼기도 했어. 무슨 일인지는 몰라도 너무 힘들어하지 말라고
말해 주고 싶었어.

　지우야! 만나서 너무 반가웠어. 편지 밑에 내 전화번호 적을게.
혹시 연락하고 싶으면 언제라도 전화해.

유린이가

　지우는 편지를 반복해서 읽었다. 자신에게서 이토록 많은 소리
가 났다는 게 신기했다. 지금도 유린은 어딘가에서 자기를 보고 있
을 것만 같았다. 전화번호를 뚫어져라 보았다.

　문밖에서 소리가 들려왔다. 저녁을 챙겨 먹으라던 엄마가 벌써
올 리가 없는데. 지우는 방문을 열었다.

　"그 방에 있었니?"

　아빠가 방으로 들어왔다. 책상과 의자, 침대를 살펴보고 망원경
도 보았다.

　"그대로구나."

　아빠 목소리에 한숨이 섞여 있었다.

　"캠프 갔다 왔다며?"

　"엄마한테 들었어?"

　아빠가 고개를 끄덕였다. 엄마 아빠가 아직은 이어져 있구나, 하
는 생각에 어쩐지 조금 안심이 되었다.

"캠프 재밌었어?"

"그럭저럭……. 엄마랑 통화 자주 해?"

"네 일에 관한 거라면. 저녁은 먹었어?"

지우는 고개를 가로저었다.

"라면 끓여 줄까?"

"좋아."

지우가 먼저 일어나 밖으로 나갔다.

냉장고 문을 여는 지우에게 아빠는 앉아만 있으라고 말했다. 아빠가 다 하겠다고. 아빠는 앞치마를 허리에 두르고 냄비에 물을 받았다. 지우는 의자에 앉아 아빠 등을 바라보았다. 두꺼운 스웨터를 입고 있는데도 등이 좁아 보였다. 지우는 두 손을 둥글게 모아 눈앞에 가까이 댔다. 망원경을 보듯 동그란 구멍으로 아빠의 머리와 양쪽 어깨와 등과 허리를 천천히 살펴보았다. 멀리 있던 아빠가 조금씩 조금씩 가까워지고 있는 듯했다.

ㅇ

*

고물 라디오가 있는 방

지우는 터벅터벅 길을 걸었다. 학원과 집, 학원과 집. 방학이라고 해도 일상은 달라지지 않았다. 달라진 것이 있다면 요즘은 매일같이 망원경이 있는 방으로 들어가 별을 보는 것이었다.

'그 애는 잘 있을까?'

지우는 얕은 숨을 내쉬고 다시 걸음을 옮겼다. 속도를 냈다. 빠른 걸음에 집중을 해 보려 했다. 일주일 내내 무엇을 하든 세민이 생각났다. 수학 문제를 풀 때도, 영어 단어를 외울 때도, 학원 쉬는 시간에 멍하니 앉아 있을 때도, 아이들과 이야기를 나눌 때도.

지우는 발걸음을 멈추고 가방 맨 앞의 지퍼를 열었다. 두 개의 편지가 겹쳐져 있었다. 세민에게 쓴 편지와 유린에게서 받은 편지.

그럴 리 없다는 것을 알면서도 우연히 세민을 만나게 되지 않을까 기대했었다. 편지를 주고 싶은 마음에 늘 지니고 다녔다. 세민은 자기소개를 할 때 어느 학교에 다니는지, 어디에 사는지 말하지 않았다. 알았다면 지우는 그곳 근처를 서성였을지도 모른다. SNS도 찾아보았지만 허탕이었다.

누군가와 이야기를 나누고 싶었다. 답답한 마음을 털어놓고 싶었다. 유린의 얼굴이 떠올랐다. 유린은 언제든 전화하라고 했었다. 지우는 유린의 편지를 펼쳐서 읽고는 마지막에 있는 전화번호로 용기를 내 전화를 걸었다. 신호음이 울리기 시작하자 심장이 두근거렸다. 소리가 멈추고 잠시 정적이 일었다.

"안녕. 나 이지우인데. 캠프에서 만났던. 기억나?"

지우는 조심스럽게 말을 건넸다. 수화기 너머로 조금은 거친 숨소리만 들려왔다. 이상하게 지우는 긴장이 되었다. 유린이 아무 말이라도 해 주길 바랐다.

"어, 기억나. 근데 지우야, 부탁이 있는데."

불규칙한 숨소리의 리듬과 달리 유린의 목소리는 침착했다. 지우는 무슨 일이 있는 것이 분명하다고 느꼈다. 이유는 몰랐다. 직감이었다.

"부탁?"

"지금 여기로 와 줄 수 있니? 나 좀 도와줄래?"

지우는 조금 당황스러웠지만 거절할 수가 없었다. 잠시 침묵을

지키다가 입을 열었다.

"거기 어딘데?"

지우는 유린에게 위치를 문자로 보내 달라고 말한 뒤 택시를 잡았다. 지우는 알지 못하는 동네였다.

"더 이상은 택시로 못 간다."

택시 기사는 심드렁하게 말했다. 지우는 택시비를 건네고 차에서 내렸다. 택시는 후진을 해서 좁은 골목을 빠져나갔다. 지우는 시간을 확인했다. 7시가 넘은 시각이었다. 지우는 눈앞의 길을 바라보았다. 비좁은 골목들이 어지럽게 이어져 있었다. 빛이라고는 띄엄띄엄 서 있는 가로등이 다였다. 이곳의 시간은 7시가 아니라 자정에 가까운 듯했다. 지우는 이처럼 어둡고 낯선 동네는 처음이었다. 유린은 왜 이런 데 있는 걸까. 익숙지 않은 상황에 지우의 발은 쉽사리 떨어지지 않았다. 지금이라도 돌아갈까. 마음이 흔들렸다. 무슨 일일지 여러 상황을 상상해 보았다. 혼자서 도와줄 수 없는 일이면 어쩌나 걱정이 앞섰다.

지우는 언덕길을 걸어 올라가 유린에게 전화를 걸었다.

"도착했니?"

"응, 유성마트 앞이야. 여기서 어떻게 가야 해?"

"와 줘서 고마워."

유린의 목소리가 떨리고 있었다.

"왜 그래? 무슨 일이야? 경찰에 신고해야 하는 일 아니야?"

"그런 건 아니니까 걱정 마. 지우야, 한 가지만 더 부탁해도 될까? 거기 마트에서 고양이 사료 좀 사다 줄래? 마트에서 한 오십 미터 올라오면 양쪽으로 갈라지는 길이 있어. 왼쪽으로 꺾어 올라오면 내가 보일 거야."

고양이 사료라니. 지우는 어떤 상황인지 더욱 짐작이 가지 않았다.

"알았어. 혹시 모르니까 전화 끊지 마. 통화하면서 갈게."

지우는 유린의 부탁대로 고양이 사료를 사서 밖으로 나왔다. 끊지 말라고는 했지만 무슨 말을 해야 할지 몰랐다. 지우와 유린은 서로의 숨소리를 들으며 조금씩 가까워지고 있었다.

멀리 희미한 불빛이 나타났다. 지우는 자세히 보려고 얼굴을 앞으로 내밀었다. 유린이 골목 안쪽에서 쭈그리고 앉아 있었다. 캠프에서처럼 빨간 점퍼를 입고 있었다. 지우는 유린을 향해 뛰었다. 하지만 어느 순간부터는 가까이 다가갈 수가 없었다. 어둠 속에 앉아 있는 유린은 잘 맞춰진 퍼즐 조각처럼 이곳과 어울렸다. 마치, 유린이 검은색 어둠 그 자체인 것처럼. 지우는 불안한 마음에 몇 발짝 옆으로 물러섰다.

인기척을 느낀 유린이 뒤를 돌아보았다. 지우는 그제야 유린에게 가까이 다가갔다. 눈자위가 빨갛게 충혈되어 있었다. 지우가 무슨 일이냐고 물으려는 찰나 어둠 속에서 여린 소리가 들려왔다.

"야옹야옹."

가느다랗고 힘이 없는 고양이 울음소리였다.

"틈새에 아기 고양이가 갇혀 있어."

"고양이?"

지우는 힘이 풀렸다. 고양이 때문에 여기까지 오게 하다니. 큰일이 아니었다는 안도감과 어이없고 황당한 감정이 교차했다.

"엄마 고양이가 죽었거든. 아기 고양이만 살았는데 며칠째 엄마 곁에서 떨어지질 않아."

"죽었다고?"

지우는 심장이 쿵 내려앉았다. 죽는다는 건, 이 세상에서 사라진다는 것이다. 다시는 볼 수 없다는 것이다. 이야기를 나눌 수도, 싸울 수도, 함께 밥을 먹을 수도 없다는 것이다. 지우는 그 자리에 풀썩 주저앉아 눈을 감았다.

"어떻게 하면 고양이를 나오게 할 수 있는데?"

"사료 사 왔지?"

"여기 있어."

지우는 검은 봉지에서 사료를 꺼냈다.

"있던 사료가 다 떨어졌거든. 나중에 돈 꼭 갚을게."

유린은 사료 봉투를 뜯어 손바닥에 턴 다음 틈 앞에 놓았다. 하지만 십 분, 이십 분이 지나도 고양이는 나오지 않았다. 지우는 언제까지 기다려야 하는지 알 수가 없었다. 시간은 8시를 향해 가고 있었다. 유린은 얼마가 걸려도 상관없다는 듯이 처음 자세 그대로 앉아서 고양이를 기다렸다. 그때 좁은 틈에서 작은 빛 두 개가 반짝였다. 지우는 신기한 듯 그 빛을 바라보았다. 작고 예쁜 고양이가 살금살금, 소리도 내지 않고 모습을 드러냈다. 어둠의 세상에서 빛의 세계로 건너오듯이. 조심스럽게 사료 냄새를 맡더니 하나를 물었다. 조용한 골목에 와자작와자작, 밤이 부서지는 소리가 번졌다.

유린은 고양이를 향해 조심스럽게 손을 내밀었다. 고양이는 경계하듯 부끄러워하듯 묘한 몸짓으로 유린의 손 냄새를 맡았다. 그러더니 제 볼을 유린의 손에 비벼 댔다. 유린의 입꼬리가 올라갔다. 유린은 아기 고양이에게 반해 버린 모양이었다. 유린은 고양이를 품에 안고는 지우를 보았다.

"진짜 고마워."

유린이 환하게 웃었다. 지우는 이토록 밝게 웃는 유린의 얼굴은 처음 보았다.

"우리 집에 갈래? 괜찮으면 라면 먹고 가."

"너네 집?"

"바로 저기야."

유린이 팔을 뻗었다. 지우는 유린의 손끝이 가리키는 곳을 바라보았다. 이 골목에서 가장 높은 곳. 어쩌면 땅보다 하늘과 더 가까운 곳.

텅, 텅, 텅.

옥탑방으로 향하는 철제 계단을 오를 때마다 소리가 울렸다. 계단을 모두 오르자 세찬 바람이 불어왔다. 지우는 얼굴도 손도 모두 얼어 버릴 것만 같았다. 유린이 화분 밑에서 열쇠를 꺼내 문을 열었다.

"얼른 들어와."

지우는 냉큼 유린을 따라 들어갔다. 문을 열자 바로 방이 보였고, 방으로 들어가기 전 신발 벗는 곳 옆으로 작은 싱크대가 있었다. 단칸방의 살림은 단출했다. 행거에 교복과 옷 몇 벌이 걸려 있고, 작은 책상과 냉장고가 보였다. 방 한쪽에는 이불이 반듯이 개켜져 있었다.

"자취해?"

"응. 전기장판 위에 앉아. 조금 있으면 따뜻해질 거야."

유린이 안고 있던 고양이를 바닥에 내려놓고 전기장판 스위치를 켰다. 고양이는 책상 밑 구석진 곳으로 숨어들었다. 유린은 종종거리며 버너에 물을 올리고 책상 앞으로 다가가 서랍을 열었다. 거기서 라면 두 개를 꺼냈다.

"혼자 있을 땐 컵라면 먹고 마는데, 특별히 끓여 주는 거야. 정성을 다할게."

유린이 웃으며 말했다. 지우는 어떻게 대답해야 할지 몰랐다. 고맙다고 해야 할까. 다른 말은 떠오르지 않았다. 대답할 순간을 놓친 지우는 그냥 "응."이라고만 말한 뒤 방을 찬찬히 둘러보았다.

책상 위에는 교과서와 도서관에서 빌려 온 듯한 우주 관련 책 몇 권이 놓여 있었다. 체크무늬 고양이 쿠션도 있었는데 군데군데 실이 풀려 있었다.

가장 특이한 물건은 오래된 라디오였다. 직사각형 모양에 양쪽으로 동그란 스피커가 있는 것이었다.

달착지근한 라면 냄새가 퍼졌다. 지우는 버너 앞에서 국물을 휘휘 젓고 있는 유린의 뒷모습을 보았다. 점퍼를 벗은 유린의 어깨가 유난히 좁아 보였다. 가로 줄무늬 셔츠를 입었는데도 앙상한 뼈대가 드러날 정도로 몸이 말랐다.

"다 됐다. 김치는 없어."

김이 폴폴 올라오는 냄비를 보자 지우는 갑자기 허기가 졌다. 뜨거운 면발을 호호 불어 가며 먹었다. 책상 밑에 숨어 있던 고양이도 슬금슬금 나와 햇반 용기에 담아 놓은 물을 먹었다.

"원래 고양이를 키웠었어?"

"응. 길에서 아기 고양이를 구조해서 돌보다가 얼마 전에 입양 보냈어."

지우는 언젠가 인터넷 기사에서 읽었던 캣맘 이야기가 떠올랐다. 유린에게 너도 그런 거냐고 묻자 유린은 고개를 끄덕였다.

"아, 맞다. 지금은 어렵지만 사룟값은 나중에 꼭 줄게."

"괜찮아. 내가 고양이한테 주는 선물로 할게."

"그래도 돼?"

"그럼."

유린은 몸을 일으켜 책상 서랍에서 햇반을 하나 꺼냈다. 그걸 데우지도 않고 뜯어서 라면 국물에 말았다. 지우는 유린이 어떤 상황인지 짐작해 보았다. 부모님은 안 계신 걸까. 아니면 부모님은 지방에 계시고 유린이 혼자 서울에 사는 걸까. 그것도 아니라면……. 사료 살 돈도 없고 자기 먹을 것도 변변히 없는 아이가 캣맘을 하는 것도 이상했다. 중학교 때 같은 반에 크고 작은 문제를 일으키는 아이가 있었다. 가정 형편이 좋지 않다고 했다. 영화나 드라마에서 종종 보았던 환경. 그것은 어디까지나 화면과 영상 안에서였다. 지우 자신의 현실과는 다른 세상, 다른 이야기라고만 여겼다. 지우는 유린을 지켜보았다. 어둠 속에 깃들어 있던 아이, 그곳에 익숙한 아이.

'어쩌다…….'

온갖 생각들이 지우 머릿속을 헤집고 다녔다. 식욕이 떨어져 젓가락을 내려놓고는 고양이를 바라보았다. 고양이는 물만 먹고 다시 구석으로 숨어 버렸다. 지우는 고양이가 비집고 들어간 어두운 틈을 가만히 들여다보았다.

"겁이 많나 봐."

"원래 고양이랑 가까워지려면 시간이 많이 걸려. 고양이는 모든 사람들에게 사랑받으려고 애쓰지 않거든. 자기가 원하는 존재가 사랑해 주길 바라지."

지우는 유린을 바라보았다.

"고양이에 대해 잘 아네."

"조금."

유린은 웃으며 남은 국물까지 전부 마셔 버렸다. 지우는 다시 방을 둘러보았다.

"저건 라디오지? 오래된 것 같은데?"

"응. 우리 할아버지가 좋아하던 라디오. 작년까지 할아버지랑 살았어. 할아버지가 돌아가시고 나서 물건을 싹 다 정리했는데 저건 못 버리겠더라."

지우는 유린이 엄마 아빠 없이 할아버지와 단둘이 살았다는 것을 짐작할 수 있었다. 뭐랄까, 사연이 깊을 것 같았다. 그런데도 유린은 씩씩했다. 유린이 어둡게만 보였던 것은 단지 선입견 때문이었을까.

"아까 다짜고짜 와 달라고 해서 미안해. 며칠 동안 고양이가 걱정돼서 미칠 것 같았거든. 사료도 없고, 나 혼자 어떻게 해야 하나 싶어서. 근데 나한테 전화는 왜 했던 거야?"

유린이 지우 얼굴을 뚫어져라 보며 물었다. 그제야 지우도 전화한 이유가 생각났다. 세민 때문이었다. 하지만 이런 분위기에서 세민의 이야기를 꺼내기가 쉽지 않았다.

"그게…… 네가 준 편지, 잘 읽었어. 읽으면서 좀 독특하다고 생각했어. 왜, 다른 사람들은 보통 누구를 이야기할 때 겉모습이나 행동에 대해서 얘기하잖아. 너는 나를 소리로 기억하는 게 신기하더라."

"그게 다야?"

"다라기보다, 네가 조금 궁금해졌다고나 할까……."

지우는 어색하게 웃음을 흘리고는 입을 다물었다. 더 이상 말을 이어 갈 수가 없었다. 이 상황이 어색하고 불편했다.

"늦었다. 나 이제 집에 가 봐야 해."

지우는 벗어 두었던 코트를 집으며 일어났다.

"세민이한테 쓴 편지 아직도 가지고 있어?"

지우는 코트 속에 오른팔을 끼우려다 말고 유린을 내려다보았다.

"세민이, 네 별이었잖아. 걔가 전날 밤에 가 버려서 편지 못 줬잖아."

그 순간, 지우는 캠프에서 자신을 좇던 유린의 시선이 떠올랐다.

"다 알고 있는 거야?"

"다 알다니, 뭘? 그것밖에 몰라."

유린은 묘한 웃음을 짓고는 쟁반을 들고 일어섰다. 지우가 유린의 팔을 잡았다.

"그 웃음 뭐야?"

"그냥 네가 내 별이라서 널 지켜보다가 알게 된 거야. 네가 그 애를 바라보는 거 자주 봤어. 물론 세민은 네 별이었으니까 당연한 거겠지만 왠지 네 눈빛이 좀 다르게 느껴지더라고. 그래서 더 자세히 보게 된 거고.”

“그 편지, 아직도 갖고 있어…….”

유린은 쟁반을 든 채로 지우 쪽으로 완전히 몸을 틀었다.

“사실 네가 걔에 대해서 뭐라도 알고 있을까 해서 전화해 본 거야.”

“내가 그 애 전화번호라도 알고 있을까 봐? 설마, 그런 걸 기대한 건 아니지?”

“…….”

“음, 세민이한테 그 편지만 주면 되는 거야? 아니면 걔랑 친구가 되고 싶은 거?”

“둘 다.”

“솔직하네. 걔 전화번호 알 수 있을지도 몰라.”

“어떻게?”

지우는 유린 앞으로 한 발 더 다가섰다.

“피아노 연주하던 애랑 세민이랑 잘 아는 사이 같았어.”

지우의 머릿속으로 연주회가 끝나고 둘이 가깝게 얘기하던 모습이 스쳐 지나갔다.

“김주완이라는 애한테서 사인을 받으면서 걔 인스타그램 아이디도 받았어. 인스타그램 메시지로 세민이 연락처를 물으면 되지 않을까. 나도 계정 있거든. 근데 세민이가 연락하길 원하지 않으면 안 될 수도 있어.”

지우는 기분이 이상했다. 좋으면서도 불안하기도 했다. 멀리 있는 것 같았던 세민과 연락이 닿을 수도 있다는 것이. 낯설기만 했던 유린과 이렇게 가까이 있는 것도.

"골목이 어두우니까 저 밑까지 데려다줄게."

"넌 안 무서워?"

"익숙해서 괜찮아."

그 순간 유린이 얼굴에 스치듯 그늘이 지났다.

"……."

"오늘 정말 고마웠어."

"고양이 혼자 두고 가도 돼?"

"혼자 있어도 괜찮아. 고양이는 그런 아이야."

지우와 유린은 밖으로 나왔다. 언덕길 아래에 밤거리의 빛들이 촘촘히 박혀 있었다. 하늘의 별이 세상으로 내려와 앉아 있는 듯했다. 이곳은 세상과 동떨어진 곳 같았다. 마치 캠프의 밤하늘 아래에서처럼, 낯선 공간에 온 듯했다. 지우는 하늘을 올려다보았다. 유린도 지우를 따라 고개를 들었다. 서울 밤하늘에는 드문드문 약한 빛만 놓여 있었다. 유린이 손가락으로 한곳을 가리켰다.

"별이다!"

"저건 별이 아니라 인공위성이야. 별로 착각하게 만드는 가짜 별."

"그래? 저렇게 빛나는데?"

"그치, 강해서 인위적이지. 자연스럽지 않고."

유린은 고개를 이리저리 돌리며 하늘을 보았다.

"오, 다른 별들도 보인다. 희미하지만 분명히 반짝이고 있어."

"어디?"

"저기."

유린이 가리키는 곳을 지우도 바라보았다. 정말 여린 별들이 반짝이고 있었다.

"별 잘 찾는다. 너는 별뿐만 아니라 남들이 보지 않는 걸 잘 보는 것 같아."

"그런가?"

유린은 멋쩍은 표정으로 어깨를 들썩였다.

"아마…… 기다리는 데 익숙해져서 그럴 거야. 기다림을 견디려면 다른 것에 관심을 둘 수밖에 없거든."

"뭘 기다렸는데?"

"할아버지를 기다렸고, 친구를 기다렸고, 고양이를 기다렸지."

지우는 기다린다는 말을 곱씹어 보았다. 지우는 머물러 있기보다 찾아 나서는 편에 속했다. 자신이 가야 할 길도, 사람도.

유린은 하늘에서 눈을 떼지 않은 채 희미한 별빛들을 손가락으로 이었다.

"뭐 해?"

"내가 찾은 별들을 연결하는 중. 오늘을 기념하려고."

유린은 하늘을 향해 손을 뻗은 채로 지우를 보며 환하게 웃었다. 그때였다. 눈앞에 또다시 빛이 나타난 것은. 오늘도 어김없이 나타난 빛. 지우의 시간 틈으로 파고든 빛, 어느덧 익숙해진 빛. 지우는 그 빛의 정체를 알고 싶었다. 무심히 넘기고 싶지 않았다. 피하고 싶지 않았다.

10

*

망가진 꿈

세민은 늦은 아침을 먹고 밖으로 나왔다. 오늘은 상담 병원에 진료 예약이 되어 있는 날이었다. 하지만 지하철을 기다리면서 마음이 바뀌었다. 세민은 내키는 대로 아무 역에서 내려 밖으로 나와 무작정 걸었다. 악보 없이 즉흥곡을 연주하는 건반 위의 손가락처럼. 잠시 추위를 피해 도서관에 들어가 책을 읽다가 나왔다. 서점에도 가고, 여기저기 쇼핑몰도 기웃거렸다. 그러다 '음악 연습실' 간판이 눈에 들어왔다. 이용료를 내고 악기 연습을 할 수 있는 공간이었다. 피아노도 가능하다고 쓰여 있었다. 세민은 지하 계단을 걸어 내려갔다.

방음이 되어 있는 작은 공간에 아날로그 피아노가 놓여 있었다.

의자에 앉자 종착지를 찾은 듯 마음이 편안했다. 피아노 뚜껑을 열고 처음부터 끝까지 건반을 눈으로 훑었다. 어릴 때부터 피아노는 세민의 가장 친한 친구였다. 친구들과 하지 못한 이야기도 피아노 건반을 누르며 꺼내 놓을 수 있었다. 말이나 목소리가 아닌, 손가락의 움직임으로.

주머니에서 전화기가 부르르 떨렸다. 꺼내 보니 주완이었다. 세민은 휴대폰을 한참 동안 내려다보았다. 캠프 이후 세민은 주완과 연락한 적이 없었다. 주완뿐 아니라 피아노를 치는 다른 누구와도. 그사이 진동이 멈췄다. 마음이 툭, 내려앉았다. 하지만 또다시 울리는 벨 소리. 세민은 어쩔 수 없다는 듯이 전화를 받았다.

"바쁘냐?"

"아니. 무슨 일?"

"내가 방금 뭐 받았는지 알아? 누가 내 인스타그램으로 메시지 보냈더라. 캠프에서 연주 끝나고 사인을 받으러 온 여자애가 있었는데……."

주완은 신이 나서 편지가 어쩌고저쩌고하며 말을 늘어놓았다.

"이거, 핑크빛 기류 아니냐?"

"무슨 상상을 하는 거야? 그냥 편지를 주고 싶다는 거잖아."

"그러니까. 왜 꼭? 너무 뜬금없잖아."

"까불지 마."

"이지우라는 애, 연락처 알려 줘?"

세민은 이지우라는 이름을 중얼거렸다. 얼굴이 생각나지 않았다. 일단은 알려 달라고 말했다.

"바로 문자로 찍어 줄게. 좋은 일 있으면 꼭 얘기해라."

"자식, 좋은 일은 무슨."

"그리고 내일, 시간 되지?"

"왜?"

"절친 생일도 잊었냐? 너무한 거 아냐?"

세민은 머릿속으로 날짜를 헤아렸다.

"아, 미안."

"집으로 와. 오랜만에 보자. 생일은 늘 같이 보냈잖아. 올 거지?"

"알았어. 갈게."

세민은 전화를 끊고는 긴장이 풀린 듯 숨을 내쉬었다. 어릴 때부터 피아노를 치는 아이들끼리는 서로 자연스럽게 어울렸다. 생일도 챙기고 생일 파티도 함께했다. 하지만 일곱 명이었던 아이들은 시간이 지날수록 점점 멀어져 작년 주완의 생일에는 세민과 주완 둘이서 보냈다. 이번에는 까맣게 잊고 있었다. 간다고 말은 했지만 온전히 그쪽으로 마음이 기울지 않았다. 차라리 몰랐으면 좋았을 텐데. 일단, 그 생각은 접어 두기로 했다.

주완이 보낸 문자가 도착했다. 대충 번호만 보고 휴대폰을 피아노 위에 올려놓았다. 희미해진 손의 흉터가 눈에 들어왔다. 손가락을 다쳤던 날, 자기와 설거지를 했던 아이가 떠올랐다. 그 애가 분명했다. 세민은 괜히 전화번호를 받았나 싶었다.

　연습실을 둘러보았다. 한 평 정도의 좁은 공간. 중학교 때 다니던 피아노 레슨실과 비슷했다. 낯설지 않은 공간이 어딘가에 묻어 두었던 감정을 불러일으켰다. 세민은 건반을 내려다보았다. 손가락이 기억하고 있는 움직임. 리스트의 「사랑의 꿈」.

　1850년 작곡된 음악. 「사랑의 꿈」은 세 곡으로 이루어져 있다. 1번은 '고귀한 사랑'이고, 2번은 '가장 행복한 죽음', 마지막 3번은 '사랑할 수 있는 한 사랑하라'이다. '고귀한 사랑'은 종교적인 사랑, 두 번째 노래인 '가장 행복한 죽음'은 에로틱한 사랑을 묘사한다.

　"사랑할 수 있는 한 사랑하라."

　세민은 부드럽고 희미하게 읊조려 보았다. 「사랑의 꿈」을 생각하면 왠지 수채화 같은, 소년의 아련하고 풋풋한 첫사랑이 그려진다.

　중학교 2학년 때, 레슨실 옆방에서 「반짝반짝 작은 별」이 들려왔다. 어색하고 서툰 연주였다. 늦은 저녁 시간이라 초등학생들이 모두 돌아간 뒤인데 누가 저렇게 치는지 궁금했다. 세민은 옆방을 들여다보았다. 근처 다른 학교 교복을 입은 여자아이가 걸음마를 시작하는 아이처럼 더듬더듬 건반을 누르고 있었다. 표정이 어린 애처럼 순수했다. 나중에 선생님한테 들으니 수행 평가 때문에 피아노를 배우기 시작했다고 했다.

　여자아이는 하루도 빠지지 않고 매일 같은 시간대에 학원에 와서 두 시간씩 피아노를 치고는 돌아갔다.

세민은 그날을 분명히 기억하고 있었다. 「사랑의 꿈」을 연주한 날, 그 여자아이가 세민의 방 밖에서 연주를 들으며 지켜보고 있었다. 연주가 끝나자 노크를 하고 여자아이가 다가왔다. 세민의 눈을 뚫어져라 보며 잘 들었다고 말했다. 세민은 부끄러워 눈을 어디에 둬야 할지 몰랐다.

세민은 매일, 여자아이를 기다렸다. 하지만 제대로 이야기를 나눈 적은 없었다. 어쩌다 몇 번 마주치면 가벼운 눈인사를 나누고 지나치는 정도였다.

여자아이는 2번 방에서 연습을 했고 세민은 언제나 3번 방에서 연주를 했다. 세민의 신경은 온통 2번 방에 가 있었다. 여자아이의 연주는 조금씩 좋아지고 있었다. 세민은 그 아이가 오는 시간에 맞춰 진심을 담아 「사랑의 꿈」을 연주했다.

삼 개월 뒤 여자아이는 더 나타나지 않았다. 세민은 그 아이가 눈앞에 아른거려 견딜 수가 없었다. 용기를 내서 선생님께 물어보니, 여자아이도 더 배우고 싶어 했지만 수학 과외를 해야 해서 어쩔 수 없이 그만두게 되었다고 했다.

누군가를 진심으로 좋아한 건 그때가 처음이자 마지막이었다. 어리다고 해서 감정조차 미숙한 건 아니었다. 그날 이후 혹시나 하는 심정으로 매일매일 그 아이를 기다리며 피아노를 치고 그 아이와 가까워지는 꿈을 꾸었다. 하지만…….

결국 「사랑의 꿈」은 산산이 부서졌다. 꿈꾸듯 부드러워야 할 선율에는 슬픔이 가득 찼다. 「사랑의 꿈」을 연주할 때 손등으로 떨어졌던 눈물의 온도와 촉감이 아직도 생생하다. 그 아이를 지척에 두고 아무것도 하지 못한 자신이 바보 같고 지나간 시간들이 후회가 되었다. 아픔도 사랑의 연속이라면 '사랑할 수 있는 한 사랑하라'라는 곡은 고통도 끌어안으라는 뜻일까.

그 뒤로도 「사랑의 꿈」을 연주할 때면 감미롭지만 아렸던 감정들이 되살아났다. 선율에는 연주자의 마음이 담긴다는 것을 세민은 절실하게 느꼈다.

세민은 오랜만에 그 시절을 떠올렸다. 환하게 웃던 여자아이를 생각했다.

허리를 곧게 세우고 마음을 다잡았다. 페달 위에 발을 올려놓고 숨을 몰아쉬고 건반 위에 양손을 올렸다. 그날의 아픔을 기우듯, 감정의 실타래를 고이고이 엮어 나가듯 건반 사이를 오갔다. 지금만큼은 아무것도 끼어들지 못하도록. 아무 소리도 스며들지 못하도록. 다른 생각들이 파고들지 못하도록.

피아노 위에 올려놓았던 휴대폰에서 진동이 일었다. 언뜻 보니 아빠였다. 귓속에서 또다시 날카로운 소리가 들릴 것 같았다. 세민은 손을 멈추었다. 몸을 수그리고 그 자세로 휴대폰 진동이 멈추기를 기다렸다. 그러고는 도망치듯 연습실에서 빠져나왔다.

11

*

메시지가 도착했습니다

지우는 쉬는 시간이 되어서야 문자를 확인했다.

> 세민이한테 네 번호 알려 줬대.
> 조만간 연락 올지도 몰라.

지우는 휴대폰을 꼭 쥐었다. 학원 수업 시간 내내, 휴대폰에 신경이 갔다. 마음이 두근거렸다.

수업이 끝나고 집으로 돌아오는 중에도 세민에게서 연락은 오지 않았다. 차라리 그 애 번호를 알려 달라고 해서 먼저 전화를 해 볼걸. 이런저런 생각들만 오갔다.

집은 비어 있었다. 가방을 소파 위에 던져 놓고 부엌으로 들어가 먹을 것을 찾았다. 배는 고프지 않았지만 무엇이라도 입 안에 넣고 싶었다. 바나나 껍질을 벗겨 한 입 베어 먹었다. 물컹한 바나나를 삼킬 때도 지우의 신경은 휴대폰에 있었다.

오늘따라 지우는 빛이 그리웠다. 세민의 주변에서 머물던 빛이, 그리고 유린네 집 옥상에서 보았던 빛이. 지우는 의자에서 일어나 망원경이 있는 방으로 향했다.

창문을 열고 나서 망원경을 보았다. 보고 싶은 건 하늘의 별이 아니다. 지우는 세민이 있는 곳을 보고 싶다. 캠프에서 세민은 무심하고 모든 것에 관심이 없어 보였다. 아니, 그 아이의 관심은 다른 데 있었을지도 모른다. 그 아이의 마음은 어디에 있었을까. 가능하다면 세민의 마음을 들여다보고 싶었다. 그것이 불가능한 일이라면, 세민과 함께 있었던 캠프로 되돌아가고 싶었다.

지우는 책상 서랍을 열었다. 가장 위에 있는 검은 표지의 공책을 내려다보았다. 잠시 뒤 공책을 들고 침대 위에 걸터앉았다. 표지를 만지작거렸다. 오랫동안 이 공책을 펼쳐 보지 못했다. 가벼운 종이 한 장이, 이 세상의 어떤 것보다 무겁게 느껴졌다. 그 앞에서 지우는 아프고 슬펐다.

조심스레 한 장을 넘겼다. 봄에 밤하늘에서 가장 잘 보이는 북두칠성 별자리가 나타났다. 한 장 한 장 넘기며 별자리를 살폈다. 별과 별을 이은 수많은 선들, 그 아래 적혀 있는 별자리 이야기들. 손으로 쓴 글씨들.

지우는 이어진 선들 위에 손가락을 올려놓고 따라 그어 보았다. 가슴이 뛰었다. 주머니에서 미동도 없는 휴대폰을 꺼냈다. 아무것도 없다는 것을 알면서도 받은 문자함을 들여다보고, 또 들여다보았다. 그 순간, 문자가 도착했다. 몸에 불이 닿은 듯 뜨거워졌다. 발신자가 유린이라는 것을 알고는 금세 열은 식어 버렸다.

> 연락 왔어?

> 아니.

지우는 유린을 생각했다. 자신과는 전혀 다른 세계에 살고 있는 듯한 유린. 인연이 닿을 일이 없다고 여겼던 아이. 방학 때 유린은 무엇을 하고 지낼까. 학원은 다니는 것 같지 않았다. 반짝이는 두 눈을 가진 고양이도 궁금했다.

> 고양이는 어때?

> 조금씩 적응 중. 점점 먹는 양이 많아지고 있어. 자꾸 밖으로 나가려고 해. 엄마 생각이 나는 걸까. 오늘도 잠깐 문을 열어 놨는데 밖으로 나가 버려서 깜놀했어. 다행히 옥상에서 발견했지만.

> ㅇㅇ 다행이다.

> 맞다. 세민이도 피아노 친대.
> 그 애가 말해 줬어.

> 피아노?

피아노라는 글자를 본 순간, 서툴게 설거지를 하던 모습과 깨진 유리 파편에 예민하게 화를 내던 장면이 스쳐 지나갔다. 또 이어폰을 끼고 있던 모습, 허공에 올려진 양손도.

> 어쨌든 너랑 걔랑 가까워지길.

지우는 유린에게 너는 그동안 어떻게 지냈느냐고 묻고 싶었다. 하지만 문자를 보내기 망설여졌다. 더 이상은 유린에게 다가갈 수가 없었다. 그 아이의 곁에 도사리고 있던 어둠의 잔상이 지워지지 않았다. 지우는 결국, '세민에게 연락 오면 문자할게. 잘 자.'라는 글자로 마무리했다. 유린이 역시 '너도.'라는 문자를 보냈다. 휴대폰은 이내 잠잠해졌다.

지우는 공책을 내려다보았다. 다시 한 장 한 장 넘겼다.

마지막 장을 넘기니, 텅 빈 공간에 '여든아홉 번째 별자리'라는 손글씨가 쓰여 있었다. 지우는 그 글자를 입술만 움직여 반복해 읽었다. 그 글자 아래 하얗게 텅 비어 있는 공간을 내려다보며.

지우는 방을 둘러보았다. 이 방도 백지처럼 공허했다. 지우는 양 손으로 두 눈을 가렸다. 마음속으로 천천히 숫자를 세어 나갔다. 열을 센 뒤 손을 떼고 눈을 떴다. 아무 일도 없었다. 빛은 어디로 사라진 것일까. 서운한 마음이 들었다.

방에서 나와 소파에 던져 놓은 가방을 들고 자기 방으로 들어왔 다. 문 옆에 있는 스위치를 누르자 방이 환해졌다. 형광등을 올려 다보며 이 방의 불빛이 이토록 밝았던가 생각했다. 가방에서 문제 집을 꺼내 펼쳤다. 문제 풀이에 집중했다. 한 문제, 두 문제, 세 문 제……. 불현듯 침대 위에 던져 놓았던 휴대폰이 부르르 떨었다. 지우는 엄마가 보낸 문자일 것이라 생각하고 침대 가까이 다가가 휴대폰을 확인했다.

> 편지 주고 싶다는 얘기 들었어.
> 나는 메일로 받아도 되는데.

지우는 문자를 읽고 또 읽었다. 인사도 없이, 자기가 누구라는 소개나 친근한 이모티콘도 없이 건조한 글자의 나열이었다. 그날 처럼 세민은 멀리 떨어져 있었다. 세민에게 가까이 다가가고 싶었 던 감정이 되살아났다.

> 난 직접 만나서 주고 싶은데.
> 시간 내기 힘든 거야?
> 시간과 장소는 네가 정해도 돼.

아무 답이 없었다. 지우는 거절을 당해도 상관없다고 계속 마음을 다잡았다.

> 우리 집 덕소역 근처야. 너희 집은?

> 이촌역 부근.

> 그럼 중간에서 보자. 모레 오후 5시.
> 왕십리역 1번 출구 앞 햄버거집에서
> 어때?

> 좋아. 그날 만나.

지우는 문자를 보내고 긴장이 풀린 듯 깊은숨을 내쉬었다. 휴대폰을 들고 집에서부터 덕소역까지 교통편을 검색했다. 경의중앙선으로 열다섯 정거장, 대략 한 시간 가까이 걸리는 곳이다. 지우는 세민이 사는 동네와 자기가 사는 동네가 참으로 멀다고 생각했다. 우연히 만나는 일은 애초에 일어날 수 없는 거였다. 혹시 몰라 가방에 편지를 넣고 다니던 것이 얼마나 어리석은 일이었는지 깨달았다.

하지만 이제 세민을 만날 수 있다. 편지도 줄 수 있다. 그 사실만으로도 기뻤다.

12

*

폭풍 속에 홀로 남겨진 기분

케이크 상자를 든 세민이 주완의 집 호수를 찍고 벨을 눌렀다. 미끄러지듯 유리문이 열리고 세민은 안으로 발을 들여놓았다. 엘리베이터를 타고 7층을 눌렀다.

주완이 문을 열며 환하게 웃었다. 세민은 신발을 벗으며 현관문 앞에 여기저기 흩어져 있는 신발들의 짝을 맞추었다. 아무렇게나 놓인 신발들보다 더 헝클어진 아이들의 목소리가 들려왔다.

"네가 꼴찌야. 애들 다 와 있어."

"애들?"

세민은 케이크를 주완이 앞으로 내밀며 물었다.

"들어가 봐. 너도 보면 반가울걸?"

주완이 앞서 걸었다.

소파에 앉아 있던 아이들이 세민을 보자마자 자리에서 일어났다. 서로 반갑다고, 오랜만이라는 인사말을 주고받았다. 예상치 못한 상황에서도 세민은 최대한 밝게 웃어 보였다. 이 중에는 예고에 간 아이도 있고, 피아노를 취미로 치는 아이도 있었으며, 이제 피아노는 쳐다보지도 않는 아이도 있었다. 세민과 주완을 포함한 일곱 명은 초등학교 때 콩쿠르에서 자주 마주치며 가까워졌다. 이후 서로 연락이 뜸해졌다가 모처럼 한자리에 모였다.

"오랜만에 다 같이 보면 좋을 것 같아서 내가 연락했어. 엄마 아빠는 늦으신다니까 편하게 놀자."

주완의 말에 아이들도 함께 웃었다.

"세민이 왔으니까 얼른 먹자. 배고프다."

케이크와 과자와 음료수를 펼쳐 놓고 거실에 둘러앉았다. 세민은 거실에 놓여 있는 피아노를 바라보았다. 벽에 걸린 콩쿠르 상장과 트로피들도. 이제 별다른 공통점이 없는 아이들은 대화 틈틈이 화제가 끊겼다가 다른 이야기로 이어 나가기를 반복했다.

"세민이랑 주완이는 같은 선생님 밑에 있지?"

예고에 다니는 아이가 물었다. 그 아이와 눈이 마주친 세민은 대뜸 음료수 잔을 들었다. 하필 손에 잡힌 것이 탄산이 들어간 주스였다. 목구멍이 긁힌 듯 따가웠지만 꿀꺽꿀꺽 들이켰다. 그사이 아이들의 시선은 주완과 세민을 오갔다.

세민이 바닥 난 음료수 잔을 내려놓았다.

"그렇지."

주완이 목소리가 틈을 비집고 들어왔다. 그 찰나가 너무 길다고 생각했다. 세민은 진심으로 아이들의 관심에서 벗어나고 싶었다.

"야, 너희들 오랜만에 피아노 배틀 한번 해라!"

피아노를 취미로 치고 있다는 아이가 장난스럽게 말했다.

"난 반댈세. 건반은 쳐다보기도 싫어."

피아노를 그만둔 아이는 인상을 구기며 고개를 가로저었다.

"그럼 넌 빼고. 세민이랑 주완이 어때?"

"나도 할래."

예고를 다니는 아이가 말했다. 세민은 이때다 싶었다.

"그럼 주완이랑 너랑 둘이 해."

주완은 세민을 보았다. 주완은 세민이 난감해하고 있다는 것을 눈치채고는 그런 건 관두고 노래방이나 가자고 말했다.

"난 세민이 연주가 참 좋았는데. 세민이 연주는 뭔가 섬세했어. 같은 악보를 보고 치는 건데도 누구도 흉내 낼 수 없는 느낌이 있었어."

"어떤 느낌인지 알 것 같아. 말로 표현하기는 힘든데 아무튼, 좀 달랐어. 나도 듣고 싶다."

아이들이 자꾸만 분위기를 몰아갔다.

"우, 세민이 팬이 둘씩이나 되는데 그냥은 못 넘어가지."

예고에 다니는 아이의 목소리에는 약간의 빈정거림이 섞여 있었다. 세민의 사정을 알고 있는 주완은 중간에서 곤란한 표정만 짓고 있었다.

사람을 보면 모이를 찾아 다가오는 비둘기 떼처럼 아이들은 피아노를 중심으로 둘러섰다. 세민은 이곳에서 도망치고 싶었다. 자신을 초대한 주완을 원망했다가 초대를 거절하지 못한 자기 자신이 더 미워졌다. 차라리 솔직하게 이야기할까, 하는 생각이 잠시 떠올랐지만 그럴 용기는 좀처럼 나지 않았다.

세민은 피아노 뚜껑을 열고 의자에 앉았다. 가지런한 피아노 건반은 오늘따라 더욱 견고해 보였다. 마치 어떤 틈도 허락할 수 없다는 듯. 세민은 깊은숨을 몰아쉬고는 손가락을 건반에 올려놓았다. 그 순간 귓속에서 날카로운 소리가 들려왔다. 세민은 자리에서 벌떡 일어났다.

"잠깐, 화장실 좀."

짧은 순간이었지만 아이들은 모두 심상치 않은 분위기를 느낀 것 같았다. 누구도 입을 열지 못하고 어색하게 서 있었다. 세민이 화장실에 간 사이 주완이 눈치를 살피며 입을 열었다.

"사실은 세민이 요즘 피아노 못 쳐."

"왜?"

예고에 다니는 아이가 놀라 물었다. 주완은 알고 있는 이야기를 풀어놓았다. 아이들은 미안해하며 이야기를 들었다.

"그 대신 내가 칠게. 그렇게 하고, 끝내자."

세민은 물을 틀었다. 쏟아지는 차가운 물줄기를 손에 받아 얼굴에 뿌렸다. 손과 양 볼이 얼얼했다. 고개를 들고 거울을 보며 마음을 다잡자고 결심했다. 문밖에서 피아노 소리가 들려왔다. 폭풍같이 거칠게 휘몰아치는 선율, 그러면서도 부드럽게 이어지는 멜로디.

베토벤 「피아노 소나타 17번」. 흔히 '템페스트'라는 부제로 불리며 셰익스피어의 희곡 『템페스트』에서 영감을 얻었을 거라고 추측되는 곡이다. 격정적이고 광기 어린 선율이 세민의 마음에 복사되듯 흘러들었다. 세민은 주완이 피아노를 치고 있단 걸 알았다. 음악에 빠진 주완의 표정과 몸짓과 손. 보지 않아도 선명했다. 주완의 손이 폭풍을 만들어 내면 연주를 듣는 사람들은 그 폭풍 속에서 공포를 느끼며 안도를 바랄 것이다. 하지만 한편으로는 내면을 할퀴고 훑는 그 불안 속에서 벗어나고 싶지 않을 것이다. 그 불안이 너무나 매혹적이기 때문에. 순간, 세민의 속에서 질투가 솟구쳐 올랐다. 세민은 세면대에 양손을 짚고 고개를 숙였다. 일그러지고 초췌한 얼굴이 물속에 둥둥 떠 있었다.

폭풍을 멈추게 하고 싶었다. 하지만 지금 거실로 나가면 애들이 피아노를 쳐 보라고 할 텐데. 제대로 칠 수 있을까. 세민은 세면대 속에 손을 담갔다. 굳었던 손가락 근육이 조금 유연해지는 듯했다.

세민은 수건으로 물기를 닦고 거실로 나왔다.

피아노 뚜껑은 닫혀 있고, 아이들은 피아노로부터 멀어져 있었다. 모두 겉옷을 입고 있었다. 순식간에 폭풍이 잦아들고 평온이 찾아와 있었다. 세민은 무슨 상황인지 이해가 되지 않았다.

"노래방 가기로 했어."

한 아이가 세민이 벗어 둔 코트를 집으며 말했다.

"스트레스나 풀자."

다소 높아진 주완의 목소리가 세민을 불편하게 했다. 세민은 코트를 받아 입었다. 민망한 기분과 다행이라는 생각이 뒤섞여 마음을 내리눌렀다.

아이들이 모두 노래방으로 들어가는 사이 세민은 계단에서 주완의 팔을 잡았다.

"애들한테 말했어?"

"그게…… 어쩔 수 없었어. 애들이 눈치 없이 굴어서."

세민의 손아귀에 힘이 들어갔다.

"왜 쓸데없이 네가 나서는데."

세민은 차갑게 말을 던졌다.

"나는 너를 생각해서……."

"진짜 날 생각한 거야?"

주완은 미안한 표정을 짓다가 이내 얼굴이 굳었다.

"당연하지. 너 무슨 말을 그렇게 하냐? 내가 네 걱정을 얼마나 많이 했는데. 난 일부러 네 생각 해서 애들 불러 모은 거야."

세민은 그제야 퍼뜩 정신이 들었다. 문제는 주완이 아니라 자신에게 있는데.

"미안. 나도 모르게."

세민은 급히 시선을 돌리며 괜스레 발로 바닥을 툭툭 찼다. 주완은 세민을 향해 억지웃음을 지었다.

"나 먼저 갈게. 애들한테 잘 얘기해 줘. 생일 축하하고."

"그래. 나중에 연락할게."

세민은 주완이 붙잡으면 어떻게 거절하나 싶었지만 주완은 별말 없이 노래방으로 들어가 버렸다. 세민은 그대로 밖으로 뛰어나왔다.

'주완이…….'

주완은 경쟁자인 동시에 피아노를 치며 서로를 응원해 주는 친구였다. 그런데 캠프에서 처음으로 주완이 부러워졌다. 가슴이 아프고 속상했다. 귓속에서 소리가 나지 않았다면 그곳에서 연주할 사람은 나인데, 하는 생각이 들어 억울하기도 했다. 주완이 지난번 콩쿠르에서 우승했을 때도 진심으로 축하해 주었는데. 어쩌면 그때까지만 해도 원인을 찾으면, 약을 먹으면 점점 좋아질 거라고 생각했는지 모른다.

세민은 어디로 가야 할지 알 수 없었다. 자신만이 여전히 폭풍 속에 홀로 남겨진 기분이었다.

13

*

한밤의 골목 여행

지우는 계단을 밟아 올라갔다. 한 계단 한 계단 디딜 때마다 발소리가 크게 들려왔다. 2층 계단 끝에 이르러서 안을 둘러보았다. 창가 구석 자리에 세민이 앉아 있었다.

문을 열고 세민에게 다가가는 동안 지우는 얼굴 근육이 미세하게 굳는 걸 느꼈다. 편안한 표정을 지을 수가 없었다. 심장도 빨리 뛰는 듯했다. 지우는 주머니 속에 손을 넣었다. 매끈한 종이의 질감이 손끝에 닿았다.

지우가 옆에 와 있는 것도 모른 채, 세민은 여전히 창밖으로 지나는 사람들을 내려다보고 있었다.

지우는 기척을 내며 건너편 의자에 앉았다. 세민이 지우 쪽으로 고개를 돌렸다.

"안녕."

지우가 웃으며 인사를 건넸다. 세민이 얼굴을 빤히 쳐다봐서 지우는 얼른 눈길을 내렸다. 탁자 위에 가지런히 놓여 있는 세민의 두 손, 열 개의 손가락을 가만히 보았다. 다쳤던 손가락에 흉터는 보이지 않았다. 다행이었다.

"손은 다 나았니?"

"응."

세민은 두 손을 무릎 위로 내린 뒤 깍지를 꼈다.

"뭐 먹을래? 내가 살게."

지우가 물었다.

"아이스커피."

"추운데?"

"뜨거운 건 안 마셔서."

지우는 아이스커피와 따뜻한 커피, 감자튀김이 든 쟁반을 탁자에 놓으며 앉았다. 세민은 아이스커피를 한 모금 마셨다.

지우는 피아노를 치는 세민의 모습을 상상하며 감자튀김을 집어 입 안에 넣었다. 세민은 계속 커피만 마셨다. 차가운 플라스틱 컵을 감싸 쥐고 있는 세민의 손가락이 길고 매끈해 보였다.

"편지는?"

세민의 말에 지우는 주머니에서 편지를 꺼내 내밀었다. 봉투의

귀퉁이가 조금 낡고 해져 있었다. 지우는 편지를 내려다보는 무신경한 세민의 눈빛이 마음에 걸렸다.

"꼭 줘야 할 이유라도 있었던 거야?"

"남의 것을 내가 갖고 있는 듯해서."

"남의 것?"

세민은 알 수 없는 표정을 지으며 코트 주머니 속에 편지를 넣었다. 세민이 말이 없자 지우가 말문을 열었다.

"그날 왜 일찍 갔어?"

"몸도 안 좋고, 좀 그랬어……."

세민은 말끝을 흐렸다. 다 하지 못한 말들은 어디에 숨는 걸까. 지우는 그 말들을 찾고 싶었다.

"피아노 치는지 몰랐어. 자기소개할 때는 이름이랑 나이밖에 얘길 안 해서."

세민이 컵을 내려놓고는 입을 열었다.

"내가 했던 얘기를 다 기억하는 거야?"

갑작스러운 물음에 지우는 당황스러웠다. 하지만 부끄러워하는 모습은 보이고 싶지 않았다.

"넌 내 별이었으니까."

"아, 그래."

세민은 이내 창밖에 시선을 두었다.

"손 다쳤을 때 네가 심하게 화를 냈잖아. 그때는 이해 못 했어.

피아노를 쳐서 그랬던 거야?"

"피아노……."

세민의 목소리가 가느다랗게 떨렸다. 하지만 표정은 냉랭했다. 지우는 더 이상 말을 이어 갈 수 없었다.

"일어나자."

세민이 차갑게 말했다.

지우는 좀 더 이야기를 나누고 싶었지만 세민의 냉정함에 마음을 접어야 했다.

지하철역 입구까지 가려면 오십 미터 정도 걸어야 했다. 지우와 세민은 서로 어색한 거리를 두고 말없이 걸었다. 사실 어느 정도 떨어져 있어야 할지 알지 못했다. 지우는 이런 사소한 일까지 신경 써야 할 만큼 예민해진 자신이 낯설기만 했다. 그리고 아쉬웠다. 앞으로는 세민을 볼 수 있는 기회가 더 이상 없을 것 같아서.

지하철 입구를 코앞에 두었을 때, 지우의 휴대폰 벨이 울렸다. 발신자는 유린이라고 떠 있었다.

전화를 받느라 멈춰 선 지우를 세민이 기다려 주었다.

"어떡해. 아무리 찾아도 고양이가 없어."

유린의 다급한 목소리. 고양이가 사라졌다고 했다. 헤매고 있을 고양이를 생각하자 지우도 불안해졌다.

"얼른 갈게, 유린아. 같이 찾아보자."

지우는 전화를 끊었다. 세민은 지우의 어두워진 표정을 바라보았다.

"빨리 가야겠어."

지우는 서둘러 지하철 계단을 밟아 내려갔다. 세민의 걸음도 덩달아 빨라졌다.

"무슨 일인데?"

세민이 지우 곁으로 가까이 다가서서 물었다.

"유린이라고 캠프에서 만난 애가 있는데, 돌보는 아기 고양이가 사라졌대. 엄마 잃은 고양이거든."

"……."

둘은 지하철 승강장으로 내려왔다. 지우와 세민은 반대 방향으로 가야 했다. 지우가 세민에게 인사를 하고 돌아섰다. 하지만 세민은 신발이 바닥에 붙어 버린 듯 잠자코 서 있었다. 어디로 가야 할지 몰랐다. 집으론 가고 싶지 않았다. 망설이던 세민은 결심한 듯 지우 뒤를 따라 뛰었다.

"저기."

세민이 숨을 몰아쉬며 지우를 불렀다. 지우는 놀라 돌아봤다.

"왜?"

"나도 같이…… 가서 찾아볼게."

말을 마친 세민은 어색한 듯 앞만 보았다.

마침 깊고 어두운 터널에서 굉음과 함께 지하철이 들어오고 있었다. 지하철 문이 열리고 지우와 세민은 차에 올랐다. 지우는 예상치 못한 상황에 어찌할 줄 몰랐다. 검은 창문으로 세민을 보았다. 세민의 시선은 창가 너머 어딘가로 향해 있었다. 차가운 세민의 태도에 이번이 마지막일 거라고 생각했었다. 세민은 지우와 마주 앉은 순간에도 다가갈 수 없게 두꺼운 막을 치고 있었다. 그런데 이렇게 옆에 있다니. 믿기지가 않았다. 작은 바람에도 휘날리는 풍선처럼 마음이 제멋대로 떠올랐다. 움직이는 마음을 붙잡으려면 풍선 줄을 쥔 손에 힘을 주어야만 했다.

한 시간 뒤, 유린의 집 근처에 이르렀다. 이미 해는 지고 골목은 어두웠다. 지우는 유린에게 전화를 걸었다.

"어디 있어?"

"고양이를 처음 찾았던 곳."

지우는 전화를 끊고 한 발 뒤에 물러서 있는 세민의 팔꿈치를 붙잡았다.

"저 위야. 조금만 가면 돼."

세민은 기분이 이상했다. 이런 동네는 오랜만이다. 낯설고 어색했다. 질서 없이 집들이 들어차 있고 앞을 내다볼 수 없는. 한 발 두 발 올라가면서 길을 찾아야 하는.

가장 후미진 골목 끝, 담벼락 아래 빨간 점퍼를 입은 아이가 쪼그리고 앉아 있었다.

"유린아."

지우의 가느다란 목소리는 고요한 골목 끝까지 닿을 정도로 여운이 길었다. 세민은 그 여운을 따라 걸었다. 유린이 고개를 들었다. 밤이라서 그런지 얼굴빛이 더 하얬다.

　"방금 여기서 울음소리가 났어. 엄마를 찾으러 나온 걸까?"

　세민은 유린의 얼굴이 기억나지 않았지만 빨간 점퍼는 선명하게 떠올랐다. 지우는 유린 옆에 앉았다. 세민은 아이들 뒤에 서서 고양이가 있다는 좁은 틈과 그 앞에 놓인 한 줌 사료를 내려다보았다. 저 좁은 곳으로 고양이가 들어갔다는 것이 믿기지 않았다. 세민은 그 자리에 조용히 서 있었다.

　얼마나 시간이 지났을까. 고양이 소리가 다시 들려왔다. 소리는 점점 커졌다. 그제야 세민도 아이들 옆으로 다가가 앉았다. 고양이가 조심조심 걸어 나와 사료를 먹기 시작했다. 세민은 자기 손 크기만 한 작은 고양이에게서 신기한 듯 눈을 떼지 않았다. 유린과 지우가 서로 얼굴을 마주 보고는 작은 소리로 웃었다.

　아이들은 고양이가 사료를 충분히 먹을 때까지 기다렸다.

　"책에서 읽었는데, 인간을 창조한 건 신이지만 고양이를 창조한 건 마술사래. 하늘의 반짝이는 별로 두 눈을 만들고, 잿빛 연기로 털을 만들고, 붉은 모닥불로 혀를 만들었다나? 마술사가 만든 만큼 고양이는 특별할 거라고 생각했어. 신비로운 시간과 공간을 느끼며 살지 않을까 싶었어. 그런데 진짜로 고양이는 모든 순간을 현재로 느끼며 산대. 과거의 기억이 아니라, 지금 이 순간을 사는 거야."

"신기하다. 그러고 보니 노아의 방주 이야기에서도 방주에 들어간 동물 중에 고양이는 없었던 것 같아. 신이 아니라 마술사가 창조했기 때문일까."

지우가 작게 말하며 웃었다. 그사이 사료가 있던 자리가 깨끗해졌다. 유린이 고양이 앞으로 손을 내밀자 고양이는 그날처럼 다가와 손을 핥아 주었다. 유린은 웃으며 지우를 보았다. 그제야 유린의 눈에 지우 옆에 있던 세민이 들어왔다.

"너, 세민이 맞지?"

유린이 놀라 물었다.

"나랑 같이 왔어. 고양이 찾는 걸 돕고 싶다고."

"정말? 여기까지 와 줘서 고맙다."

"어, 뭐……."

세민은 말끝을 흐리며 일어섰다.

유린도 고양이를 안고 지우와 동시에 일어섰다.

"잠깐 우리 집에서 커피 마실래? 인스턴트커피지만."

세민은 휴대폰에서 시간을 확인했다. 여기서 집까지는 제법 멀었다. 이 아이들도, 이 동네도 낯설지만 왠지 금방 벗어나고 싶지는 않았다. 지금과 같이 묘한 감정을 느꼈던 순간이 있었다. 캠프에서 별을 바라보았을 때. 손에 닿을 수 없는, 하지만 멀리 있어서 더 아름다워 보였던 순간.

"가자, 유세민. 널 그냥 보내면 미안하잖아."

유린이 말에 세민은 싫지 않은 듯 고개를 끄덕였다.

유린이 물을 끓이고 커피를 타는 동안 세민은 지우가 이곳에 처음 온 날처럼 방을 둘러보았다. 지우는 다가온 고양이 턱 밑을 살살 만져 주었다. 고양이는 기분이 좋은 듯 눈을 감고 양쪽으로 머리를 까닥거렸다.

유린이 아이들 사이에 쟁반을 내려놓았다. 머그잔 하나와 손잡이 없는 플라스틱 컵 두 개. 유린은 머그잔을 세민의 앞에 놓았다.

"첫 손님이니까 특별히."

"세민이는 뜨거운 건 안 마시는데."

지우의 말에 유린은 눈이 동그래졌다.

"괜찮아. 식으면 먹지, 뭐."

지우와 유린은 잔을 들고 호로록호로록 커피를 마셨다. 한 모금 두 모금 삼킬수록 얼었던 몸이 녹는 듯했다.

세민의 코트 속에서 휴대폰 벨 소리가 울렸다. 엄마였다.

"잠깐 집에 왔는데 없어서. 어디 있니?"

엄마 목소리는 둥글둥글하고 모가 나 있지 않은데도 세민은 저절로 눈이 찡그려졌다.

"친구 만나고 있어요."

"주완이?"

"아뇨, 다른 친구예요."

"이 시간에 같이 있을 친구가 누구야? 엄마가 아는 애들이니?"

"엄마는 모르는 친구들이에요. 많이 안 늦어요. 걱정 마세요."

세민은 전화를 끊고 나서도 휴대폰을 놓지 못했다. 지금껏 세민에게 보이는 세상은 오선지와 음표가 전부였다. 사람들의 검은 머리가 음표로 보였을 정도였다. 그 세계에서 벗어나 있는 지금 이 순간, 편하기도 하면서 불안하기도 했다.

그사이 고양이가 지우에게 다가왔다. 지우 다리에 얼굴을 비비며 체취를 묻혔다. 지우가 손을 내밀자 고양이는 붉은 혀로 지우의 손가락을 핥았다. 따뜻하지만 까슬까슬한 고양이 혀. 아기 고양이의 몸짓이 애처롭게 느껴졌다. 엄마를 잃은 고양이라 그럴까. 지우도 그 슬픔을 잘 알고 있었다. 세상의 어느 부분이 송두리째 사라져 버렸을 때의 절망감. 지우는 몸속에서 치솟는 감정을 막아 내려고 침을 삼켰다. 목구멍이 따끔했다.

세민은 지우 곁에 있는 고양이에게서 눈을 떼지 않았다. 있는 듯 없는 듯 조용조용 존재하는 고양이. 사뿐히 걷고 뛰어오르는 고양이의 발걸음을 보며 연주할 때 발로 밟던 페달이 생각났다. 페달을 밟으면 알 수 없는 긴장감과 힘이 몸을 타고 짜릿하게 올라왔었다. 세민은 손가락이 근질근질했다. 날개가 돋기라도 하려는 듯이.

"잠깐 바람 좀 쐬고 올게."

지우와 유린은 고개를 끄덕였다.

밖으로 나오자 다른 세계로 이동한 듯했다. 어둠이 앞을 가로막았다. 차가운 바람에 온몸의 근육이 움츠러들었다. 손가락이 아렸다. 하지만 그 순간 세민의 눈에만 보이는 건반이 앞에 놓여 있었다. 눈을 감고 허공에 양손을 올렸다. 자유롭게 손가락을 놀리며, 허공을 달렸다. 세민에게만 들리는 선율이 세상에 가득했다. 연주를 방해하는 날카로운 소리도 이때만큼은 들려오지 않았다. 세민은 이 정도면 괜찮아, 하고 생각하며 눈을 떴다.

세민이 방으로 들어오자, 지우와 유린은 호기심 어린 눈으로 세민을 올려다보았다.

"뭐…… 한 거야?"

"마치 피아노를 치는 것 같았어."

지우와 유린이 차례로 말을 늘어놓았다.

"다 본 거야?"

"일부러 본 건 아니야. 네가 서 있던 곳이 딱 창문 앞이었어."

유린이 창문을 가리키며 말했다.

"진짜로 쳐 주면 안 돼?"

유린이 책상 밑에서 멜로디언을 꺼내 세민 앞에 놓았다. 하늘색 멜로디언에는 귀여운 토끼 캐릭터가 그려져 있었다.

"싫어."

"치, 알았어."

세민이 단번에 거절을 하자 유린은 입을 뾰로통 내밀었다.

어느새 커피도 바닥이 드러났다.

"심심한데 게임이나 할까?"

유린은 무릎걸음으로 걸어 책상 위 책꽂이에서 공책 한 권과 색이 다른 볼펜 세 개를 가져왔다. 공책을 펼쳐 빈 면에 사방으로 불규칙적인 점을 찍기 시작했다. 유린은 땅따먹기 놀이라고 말했다. 가위바위보를 해서 이기는 사람이 점과 점을 잇는데 마지막에 가장 많은 면을 차지하는 사람이 이기는 게임이라고 말했다. 지우와 세민은 생소한 듯 유린의 설명을 들었다.

"어릴 때 할아버지랑 많이 한 놀이인데. 너희는 한 번도 안 해 봤어?"

지우와 세민은 고개를 가로저었다.

"우리 할아버지는 일부러 점과 점 사이가 가까운 곳을 이어서 날 이기게 해 줬어. 내가 차지한 땅보다 몇 배, 몇십 배, 몇백 배 넓은 세상에서 살라고 했었는데 그게 가능할까."

유린은 방을 둘러보고는 다시 입을 열었다.

"난 이렇게 좁은 방에서 살고 있는데."

지우와 세민이 말없이 유린을 보자, 유린은 웃으며 어서 게임이나 하자고 말했다.

아이들은 모여 앉아서 누구 땅이 가장 넓은지 보았다. 가위바위보에서 가장 많이 이긴 사람은 지우였지만 한눈에 보기에도 보라색, 유린의 땅이 가장 넓었다.

"내 땅이 제일 넓다!"

유린이 박수를 치며 좋아했다. 지우는 공책을 가만히 내려다보았다. 별자리 공책이 떠올랐다.

"별자리 같아."

"어디가?"

유린의 물음에 지우는 손가락으로 선을 이어 가며 입을 열었다.

"이 모양이 6월에 많이 볼 수 있는 헤르쿨레스자리와 닮았어."

"정말? 닮은 별자리 또 없어?"

유린이 질문에 지우는 모양을 자세히 살폈다.

"이게 큰곰자리랑 비슷하긴 한데 조금 달라. 실제 큰곰자리 모양은 이렇거든."

지우가 그림을 다시 그려 주었다. 세민은 그런 지우를 말없이 바라만 보았다.

"다른 별자리 모양도 알고 싶다."

유린이 말이 끝나자 지우가 종이 한 장을 넘겼다.

"달마다 대표 별자리가 있거든. 1월은 오리온자리, 2월은 쌍둥이자리, 3월은 큰곰자리, 4월은 처녀자리……."

지우는 공책에 별자리를 그리며 말했다.

"별자리 진짜 많이 안다. 그래서 캠프에 왔던 거야?"

세민이 조용히 물었다.

지우는 자신이 그린 별자리를 내려다보았다. 언니의 공책을 읽고 또 읽다 보니 어느 순간 별자리가 자신의 것처럼 익숙해졌다.

지우는 고개를 들고 세민의 눈을 뚫어져라 보았다. 세민에게서 빛이 일렁이고 있었다. 잠잠했던 빛이 또 나타나기 시작했다. 이 시간에, 이런 공간에서 빛이 보일 거라고는 생각지도 못했는데.

"지우야, 왜 그래?"

유린이 말을 건넸다. 그제야 세민 앞에서 일렁이던 빛이 사라졌다. 걱정스럽게 바라보는 세민의 표정이 지우 눈에 들어왔다.

"아니야, 아무것도."

알람 소리가 요란하게 울렸다. 유린은 시계를 보더니 아르바이트를 하러 가야 한다고 말했다.

"아르바이트?"

지우가 물었다.

"주인집 아주머니 아는 분이 분식집을 하거든. 설거지하는 알바야. 7시부터 10시까지. 알바비는 적은 편이지만 가게에서 저녁도 먹을 수 있어."

세민은 유린을 바라보았다. 얼마 전까지 부모님 분식집에서 아르바이트를 했던 대학생 누나가 떠올랐다. 누나는 대학 등록금 때문에 휴학을 하고 온종일 아르바이트를 한다고 했다. 과외, 편의점, 그리고 분식집. 하지만 늘 웃음을 잃지 않고 세민을 다독여 주었다. 그런 누나도 어쩔 수 없이 분식집 아르바이트를 그만둬야 했다.

"그럼 우리도 일어나자."

지우 말에 세민은 일어나 겉옷을 입었다. 아이들은 방을 나가기 전 고양이에게 작별 인사를 했다. 유린은 문을 단단히 잠갔다. 밖은 짙은 어둠이 내려앉아 있었다.

텅 텅 텅, 철제 계단을 내려오는 발소리가 공중에 울려 퍼졌다.

"이 소리 좋지 않니?"

유린이 몸을 돌려 지우와 세민에게 물었다.

1층으로 내려왔을 때 유린이 지우와 세민을 번갈아 보며 말했다.

"지금 꼭 가야 되는 거 아니면 골목 여행 해 봐."

세민은 골목과 여행이라는 단어가 어울리지 않는다고 생각했다.

"별것 아닌 것 같지만 다니다 보면 소소한 재미를 발견할 수 있거든. 생소한 소리들도 들을 수 있고."

"소리?"

지우는 그 말에 호기심이 당겼다. 지우가 세민의 앞으로 고개를 내밀었다.

"갈래?"

세민은 천천히 고개를 끄덕였다.

날카로운 바람이 골목을 누볐다. 유린은 모자를 눌러쓰고 주머니에 손을 넣은 다음 뛰어 내려갔다. 가벼운 발소리가 부드럽게 어둠을 조각냈다. 지우와 세민은 유린의 모습이 작아져서 보이지 않을 때까지 시선을 놓지 않았다. 어느덧 어둠이 조금은 편안해진 듯했다. 유린이 완전히 멀어진 뒤 지우와 세민은 골목을 걸었다.

"어디까지 가지?"

"길이 끝날 때까지? 막다른 길이 나오면 그때 돌아가자."

지우는 고개를 끄덕였다. 걸으며 하늘을 쳐다보았다. 세민도 지우처럼 고개를 들었다.

"어두워서 그런지 이 동네는 별이 잘 보여."

"그러네."

"저 하늘에서도 별자리를 찾을 수 있어?"

세민의 말에 지우가 멈춰 섰다. 지우는 하늘을 가만히 올려다보다가 손을 들어 한곳을 가리켰다.

"겨울에는 별이 많아서 다른 계절보다 별자리를 찾기가 쉬워. 저기 오리온자리가 보여. 오리온자리에는 밝기가 가장 밝은 일등성이 두 개나 있거든. 기억나? 캠프에서 보았던 베텔게우스와 리겔."

"글쎄. 어디?"

"저기."

세민은 지우가 가리킨 손가락 끝을 바라보았다.

"아, 알겠다."

두 개의 별을 발견한 세민의 목소리가 밝아졌다.

"오리온자리의 옆을 보면 큰개자리가 있고 작은개자리도 있어. 북쪽 하늘에는 오각형의 마차부자리, 쌍둥이자리가 있고. 두 별자리는 잘 보이지 않아. 하지만 보이지 않더라도 분명히 있을……거야."

“별 관련된 학과에 가고 싶은 거야? 천문학과 뭐 그런 데.”

“아니. 난 경영학과가 목표야. 취업이 잘되는 과니까.”

“그래? 근데 어떻게 별에 대해 그렇게 잘 알아?”

“……”

지우는 호기심이 가득 담긴 세민의 눈을 바라보았다. 그 눈빛이 낯설지가 않았다. 아니, 친숙했다. 오래전부터 보아 왔던, 알고 있는 눈빛이었다. 그때였다. 세민의 얼굴 위로 또 다른 눈과 코와 입술이 그려졌다. 귀와 머리카락이 완성되자, 이목구비가 더욱 선명해졌다. 캠프 첫날 밤 꿈에서 보았던, 빛에 둘러싸여 있던 얼굴. 지우는 눈물이 핑 돌았다. 지우는 그 실체를 담담히 받아들이려 애를 써야 했다.

“별을 좋아했어……”

“누가?”

“……”

목구멍이 뜨거워졌다. 입을 열면 공기 중의 산소가 몸속으로 들어와 속에서 불이 붙을 것 같았다. 자신이 불에 타 사라질 것만 같았다. 그래서 입을 열 수가 없었다.

“그 사람이 지금은 별을 좋아하지 않는 거야?”

지우는 눈썹을 실룩였다.

“방금 그랬잖아. 좋아했다고. 지금은 아닌 것처럼.”

지우는 멋쩍게 웃었다. 그러고는 생각에 잠겼다. 사라지지 않았다면 계속 별을 좋아했을 것이다. 그러니까, 지금도 좋아하는 것이나 마찬가지다.

"좋아해."

"응?"

세민은 놀란 듯 눈을 동그랗게 떴다. 가로등 때문인지 세민의 볼이 주홍빛으로 물든 듯했다.

"지금도 별을 좋아한다고."

지우는 다시 고개를 들어 별을 찾았다. 흔들리는 빛을 보며 입을 열었다.

"별빛이 왜 흔들리는지 아니?"

세민은 고개를 가로저었다.

"대기가 불안정하기 때문이야. 특히 겨울에는."

세민은 고개를 끄덕였다. 둘 사이가 다시 서먹해졌다. 세민은 슬며시 지우를 보았다. 불투명했다. 처음에는 선명한 아이라고 생각했는데 볼수록 왠지 불안정한 느낌이 들었다. 세민은 하늘을 올려다보며 조금 전 지우의 말을 떠올렸다. 별이 흔들리는 이유. 세민은 지우도 흔들리는 별 같다고 생각했다. 저 아이를 둘러싼 세계도 불안정한 것일까. 세민은 주머니에 양손을 깊숙이 집어넣었다.

지우는 고개를 내리고 세민을 바라보았다. 세민과 같이 있어서, 가까이 있어서 좋았다. 하지만 여전히 세민에 대해 모른다. 알고 싶었다. 알 수 있을까. 너무 멀리까지는 생각하고 싶지 않았다. 지금은 그저 다가갈 수 없었던 별이 옆에 있다는 것만으로도 좋았다. 만약 우주에 가면 이런 기분일까. 긴장되고 설레고, 불편하면서도 좋고.

세민이 먼저 발을 뗐다. 지우도 세민을 뒤따랐다.

골목을 걷는 내내 여러 소리가 다가왔다. 어딘가에서 개가 짖는 소리, 아이들의 웃음소리, 텔레비전 소리, 차 소리, 겨울바람 소리……. 보이지 않지만 이곳에도 수많은 사람이 살고 있을 것이다.

어느새, 막다른 길에 이르렀고 지우와 세민은 아까 한 약속대로 돌아섰다. 세민이 말문을 열었다.

"유린이랑은 원래 친했어? 캠프 오기 전부터?"

"아니, 캠프에서 처음 봤어."

"거기서 친해졌구나."

"우리가 친해 보여?"

"어려운 일 있을 때 도와주면 친한 거 아닌가?"

"그러네. 내가 유린이 별이었어. 그 애가 준 편지를 읽었어. 근데 사실, 너 때문에 가까워졌어. 내가 너한테 편지를 주고 싶어서 유린이랑 상의하게 됐거든. 유린이는 부모님이 안 계시고 혼자 사는 것 같아. 전혀 예상하지 못했어. 처음에는 유린의 모든 것이 너무 낯설고 어색했어. 혹시 내가 지금껏 만나 본 적 없는 아이면 어떻게 하나. 사정을 자세히 물어볼 수도 없고. 그런데도 어떻게 이어져서 한 번을 보고, 두 번을 보고. 얘기도 하고 라면도 먹고 커피도 마시고……."

지우는 걸음을 멈추고 하늘을 올려다보더니 말을 이어 나갔다.

"마치, 저 별과 저 별 같아."

세민은 지우가 가리킨 두 개의 별을 보았다. 지금 하늘에 보이는 별들 중 가장 멀리 떨어진 별과 별이었다. 시간의 흐름도 다르고 공간도 다른 두 개의 별.

"두 별은 아주 멀리 떨어져 있잖아. 점점, 유린이가 알고 싶어. 유린이가 아까 고양이의 시간을 이야기할 때 생각했어. 고양이의 시간대로 산다면 어떨까? 과거는 다 흘려보내고 현재를 산다면 어떨까?"

세민은 아무 말 없이 듣고만 있었다. 지우는 세민을 바라보았다. 너를 알고 싶다고 말하고 싶었다. 하지만 밖으로 꺼내지 못하고 마음속에 간직했다.

"내 별은 너였고, 네 별은 누구였어?"

세민은 고개를 갸웃거렸다. 기억이 나지 않았다. 분명히 종이를 뽑았고 이름을 보았는데 누구였는지 모르겠다. 그땐 누군지 관심도 없었다. 캠프에 도착하자마자 괜히 왔다고 후회만 하고 있었으니까. 지우는 당황하는 표정의 세민을 보며 상황을 짐작했다.

"걔는 편지 못 받았겠네."

"서운했을까?"

"당연하지. 걔가 널 기억하고 있다면 넌 줄 알았을 거야. 전날 밤에 먼저 가 버린 사람은 너밖에 없었으니까.”

세민은 누군지 모를 그 아이에게 처음으로 미안한 마음이 들었다. 그리고 주완이 떠올랐다. 그날 노래방 앞에서 다투고 돌아선 뒤 달라붙어 있던 찜찜함도.

“지우야, 잠깐.”

지우는 멈춰 섰고 그사이 세민은 주완에게 문자를 보냈다. 그날 미안했다고. 잠시 뒤, 주완에게 문자가 도착했다. 나도 미안했다고, 얼른 좋아지라고. 네 피아노를 듣고 싶다는 말과 함께.

세민과 지우는 다시 걷기 시작했고 어느새, 골목 아래에 이르렀다.

14

*
친구가 될 수 있을까

세민은 대문 안으로 들어오고 나서야 집 안에 불이 켜져 있는 것을 보았다. 서둘러 계단을 올라가 현관문을 열었다.

"왔니?"

아빠가 소파에서 일어나 현관으로 다가왔다.

"이 시간까지 어디 있었어?"

"친구 만난다고 했잖아요."

"엄마 아빠가 모르는 애가 누구야? 병원에도 안 가고."

"아빠가 저에 대해 다 아는 건 아니잖아요. 저도 시간이 필요하다고요."

세민은 짜증스럽게 말했다.

"무슨 말을 그렇게 해? 요즘 엄마랑 내가 얼마나 조심하는지 몰라서 그래?"

세민은 알고 있다고 소리치고 싶었다. 하지만 아빠가 등을 보이고 몸을 움츠리는 걸 보며 참아야 한다고 생각했다.

"시간이 지나면 좋아질 거야. 그동안 나쁜 길로 빠지면 절대 안 돼."

"나쁜 길요?"

세민은 더 묻고 싶었다. 피아노와 멀어지면 나쁜 길인 거냐고. 세민이 원해서 시작한 피아노인데 이제는 부모님이 바라는 게 더 많은 듯했다. 사방이 막힌 곳 아니, 물속에 있는 것처럼 답답했다. 어떠한 흐름도 없는 물속. 그저 물로만 가득 찬 곳. 움직임이 없는 곳.

"잘게요."

세민은 방으로 들어와 버렸다. 침대에 누워 멍한 눈길로 천장만 바라보았다. 자신의 감정을 말로 표현해 본 적이 거의 없었다. 특히 부모님에게는. 언제나 열심히 피아노를 연주하는 것으로 이야기를 대신했다. 이따금 솟구쳐 올라오는 감정은 꾹꾹 누르고 억눌렀다. 그것들이 넘칠 듯 차오르면 조금씩 내보내듯 손가락으로 건반을 두드렸다. 그런데 이제는 그것도 할 수 없다. 손에서 만드는 음과 귓속에서 들려오는 소리가 불협화음이 되어 소음 속에 갇혀 버렸으니까. 세민에게는 피아노뿐이었다. 그 사실에 화가 났다. 어째서 피아노뿐인 것일까. 이불을 머리 위까지 당겨 올렸다.

잠시 뒤, 다시 가게에 나간다는 아빠 목소리와 함께 현관문 닫히는 소리가 들려왔다. 아빠가 집 안에 없다고 생각하니 숨통이 조금 트이는 듯했다. 오늘 하루 일들이 떠올랐다. 고양이와 별과 어둠 속의 골목길. 특별한 경험을 한 것만 같았다. 그때 지우에게서 받은 편지가 떠올랐다. 코트 주머니에서 편지를 꺼내 읽어 나갔다.

나의 별 세민에게

안녕, 세민아. 나는 이지우야. 고등학교 1학년. 이번 겨울 방학이 지나면 2학년.

편지를 써 본 지가 너무 오래돼서 무엇부터 어떻게 써야 할지 모르겠어.

설거지하다가 손을 다치고 화를 낼 때, 네가 좀 이상한 아이라고 생각했어. 하지만 네가 나의 별이어서 그랬을까. 시간이 갈수록 너에게 신경이 쓰였어. 시간이 지날수록 네가 특별해졌어. 너에게서 빛이 보였다고 할까.

내가 본 너의 가장 반짝이던 모습은.

캠프 첫날, 늦은 저녁이었어. 너는 이어폰을 끼고 음악을 들으며 허공에서 손가락을 움직이고 있었어. 일부러 보려고 했던 것은 아니야. 돌아서려고 했는데 왠지 네 모습에서 눈을 뗄 수가 없었어. 그때 너에게서 빛이 났어. 아니, 나는 진짜 빛을 봤어. 별처럼. 그때부터 매 순간 너를 지켜봤어. 너는 늘 혼자 있더라. 아이들과 가깝게 지내면 좋겠다고 생각했는데. 그래서인지 이 편지를 너한테 줄 수 있는 기회가 내겐 더없이 소중하게 느껴졌어.

그리고 궁금한 게 있어. 연주회 때 왜 중간에 나가 버렸니? 연주가 시작되기 전 너는 무척 들뜬 눈빛으로 무대를 보고 있었어. 하지만 연주가 시작되니까 표정도 바뀌더라. 뭐랄까, 슬퍼 보였어. 너의 그 눈빛만 기억에 남아. 이런 말 조금 이상할지 모르겠지만 너와 친구가 되고 싶어. 캠프가 끝나고도 친구가 될 수 있을까. 내 메일 주소를 적을게. 답장 기다려도 될까?

지우가

세민은 '진짜 빛을 봤어.'라는 문구를 여러 번 읽었다.

'빛이라니. 주위 별빛과 헷갈렸던 걸까.'

손에 들고 있던 편지가 바닥으로 툭, 떨어졌다. 세민은 편지를 주워 봉투에 넣었다. 그리고 책상 서랍 속에 넣어 두었다.

창문을 열고 하늘을 쳐다보았다. 촘촘히 박힌 별들을 보며 지우가 알려 줬던 별자리를 떠올렸다. 오리온자리, 개자리, 쌍둥이자리. 어떤 것이 오리온자리인지 개자리인지 또 쌍둥이자리인지 알 수는 없지만 저 하늘에 있는 것은 분명하다.

캠프에서 들은 얘기가 떠올랐다. 별을 이루고 있는 원소와 사람의 몸에 있는 원소의 구성요소가 같다는 말. 하늘을 둘러보며 자신과 닮은 별을 찾아보았다. 동쪽 끝에 여리게 빛나는 별 하나가 눈에 들어왔다. 왠지 마음이 그 별로 향했다. 엄마 아빠 별은 어디쯤 있을까. 그 생각을 하며 찾아 나섰다. 눈길이 자신의 별과 정반대편으로 움직였다. 손을 펴서 밤하늘을 가려 보았다. 엄지손가락과 새끼손가락에 힘을 주어 벌릴 수 있는 만큼 사이를 벌렸다. 도에서 도까지 닿도록. 엄지에 자신의 별이 있었고, 새끼손가락에 있는 별 두 개를 엄마 아빠 별로 정했다. 지우 말이 생각났다. 이곳에서 보면 가까운 별이지만 저 별과 별 사이의 실제 거리는 어마어마하게 멀다는. 엄마 아빠를 자신과 닿을 수 없는 곳까지 떨어뜨려 놓으니 마음이 편해졌다.

세민은 눈을 감았다. 캄캄한 눈앞으로 마술처럼 고양이가 나타났다. 조심스럽고 부드럽고, 경계하는 몸짓. 양손을 허공에 들었다. 고양이의 발걸음처럼 손가락을 움직였다.

"피아노."

세민은 피아노 방으로 향했다.

입을 벌리듯 피아노 뚜껑을 열었다. 가지런한 건반은 다소곳했다. 손가락으로 말을 걸어 조심스레 이야기를 나누던 지난날들이 떠올랐다.

세민은 피아노 의자에 앉았다. 페달에 발을 올리고 손가락을 건반 위에 올렸다. 허리를 꼿꼿이 세우고 천장을 올려다보았다. 깊은

숨을 내쉬고 고개를 숙였다.

건반 한 개를 눌러 본다. 음이 사라지지 않고 길게 이어진다. 고양이의 손짓처럼, 바람의 숨결처럼. 손가락을 움직여 본다. 귓가에서 들려오는 소리. 이 소리의 주인은 누구일까.

고양이의 몸짓을 닮은 손가락의 움직임. 조심스럽고 느리지만 경쾌한, 어디서도 들어 본 적 없는 고양이 선율. 길고 긴 밤 골목을 홀로 배회하는 고양이. 밤의 골목 여행은 끝날 듯 끝나지 않는다. 담벼락을 타고 나무를 타고 지붕까지 뛰어오르는 고양이. 하늘을 날아오르는 듯 가볍게 뛰어오른 순간, 고양이는 하늘에 묻히고 반짝이는 별 두 개가 된다. 다른 별들과 함께 은하수가 되어 물처럼 흐른다. 부드럽고 유연하게 우주를 노닌다. 세민은 더 멀리로 고양이를 이끌고 싶지만 한편으로는 두렵다. 또다시 소리가 끼어들까봐, 고양이가 우주 고아가 될까 봐. 이쯤에서 돌아가야 한다. 세민은 여행을 마치고 집으로 돌아온 듯 그렇게 연주를 끝냈다.

15

*

여러 개의 삼각형

지우는 조용히 집 안으로 들어왔다. 현관에 엄마 구두가 가지런히 놓여 있었다. 엄마가 방에서 잠들어 있는 것을 확인하고 망원경이 있는 방 문을 열었다. 불도 켜지 않은 채, 창가에 붙어 섰다. 세민과 함께 보았던, 하늘 양쪽 가장자리의 두 별을 찾기 시작했다. 지우는 창가 쪽으로 몸을 더 붙였다. 양손으로 창틀을 잡고 고개를 높이 들었다. 지우의 모습이 비상하는 돌고래 같았다.

"저거다!"

세민과 함께 본 이유만으로 특별해지는 별. 길을 가다가 생각지도 못한 곳에서 우연히 그 아이를 만난 듯이 놀랍고 설렜다.

지우는 책상 서랍에서 별자리 공책을 꺼냈다. 여든여덟 개의 별자리를 하나씩 살펴본 뒤 마지막 장을 펼쳤다. 비어 있는 페이지. 마주할 때마다 조금씩 차오르는 슬픔.

세민과 유린의 얼굴, 그 아이들의 눈, 코, 입이 선명해지면서 슬픔은 지워지고 입가에 미소가 맺혔다. 지우는 공책에 점 세 개를 그린 뒤 이어 보았다. 정삼각형이 만들어졌다. 또다시 점 세 개를 그렸다. 이번에는 이등변 삼각형이 만들어졌다. 지우는 계속해서 점을 세 개씩 그려 선을 이었다. 각기 다른 모양의 삼각형들이 공책을 채워 나갔다. 세민이 편지를 읽었는지, 읽고 나서 무엇을 느꼈는지, 자기 생각을 했는지 궁금했다. 유린은 아르바이트를 무사히 끝냈는지, 좁고 어두운 골목을 잘 걸어 올라갔는지, 옥탑방은 춥지 않은지, 고양이는 잘 있는지 궁금하고 또 궁금했다. 지우는 알고 싶은 것들을 여러 개의 삼각형 속에 적어 나갔다.

어찌 보면 세민과 유린은 지우의 공간 속에 들어올 수 없는 아이들이었다. 가까이할 이유가 없던 아이들. 지우는 방을 둘러보았다. 이 방에 있기 때문일까. 마치, 지우만의 작은 위성이 생긴 듯한 느낌이었다.

여기서는 모든 것이 느리게 움직였다. 아무것도 하지 않아도 걱정이 되지 않았다. 늘 한 발씩 앞을 생각하며 살아왔는데. 쫓기듯 촉박하고 급박하게. 그런데 이 방에서는 달랐다.

노크 소리가 들려왔다. 지우는 정신을 차리려는 듯 고개를 가로젓고 방문을 열었다. 아빠가 문 앞에 서 있었다.

"아빠."

지우는 놀란 눈으로 아빠를 보았다.

"뭐 하길래 사람이 들어오는지도 몰라?"

여유롭게 웃고 있는 아빠의 표정. 아빠의 웃음은 언제나 지우를 편안하게 했다. 아빠가 방으로 들어와 침대에 걸터앉았다. 지우는 바닥에 양반다리를 하고 앉았다.

"요즘 집에 자주 오네?"

"그런가?"

"오늘은 주말도 아니잖아."

"서울 현장에 일이 있어서. 온 김에 들렀지."

최근 들어 가끔 만나고 전화 통화도 하는 엄마 아빠. 부부가 아니라 친구처럼 지내는 듯했다. 그런 관계도 괜찮다고 생각했다. 사랑 없는 관계가 완전히 이해되지는 않았지만 갑자기 눈앞에서 사라지는 것보다는 나을지도 모른다고. 지우는 아빠에게 우리 집은 어떻게 되는 거냐고 묻고 싶었다. 하지만 겁이 났다. 알고 싶지 않은 사실을 듣게 될까 봐.

"지우야."

지우는 눈썹을 실룩이며 아빠를 쳐다보았다.

"네 방에서보다 이 방에서 너를 자주 보는 이유가 뭘까? 아빠가 집에 올 때마다 네가 여기 있는 게 우연일까, 아니면 아빠 착각일까?"

"……."

지우는 말없이 일어나 망원경을 들여다보았다.

"별 보러 오는 것뿐이야. 머리도 식힐 겸."

"별. 좋지."

아빠가 지우 곁으로 다가섰다.

"아빠도 좀 볼까."

지우는 자리를 비켜 주었다. 아빠가 망원경을 보는 사이, 지우는 공책을 서랍에 넣고 조용히 닫았다. 아빠는 망원경에서 눈을 떼지 않았다. 엉거주춤한 자세로 하늘을 쳐다보며 말문을 열었다.

"이걸로 우리 은우 있는 곳을 볼 수 있을까? 은우가 보았던 세상은 어떤 모습이었을까……."

아빠는 혼잣말처럼 중얼거리더니 지우 쪽으로 고개를 돌렸다.

아빠 입에서 은우라는 이름이 흘러나온 순간, 지우 눈앞에서 섬광이 일었다 사라졌다. 몸이 떨려 왔다.

"은우는 너와 달라서 늘 마음에 걸렸어. 너처럼 현실적이지도 당차지도 못해서. 그만큼 엄마 아빠는 널 믿었고 네 걱정은 하나도 안 했어. 알아서 척척 잘했으니까."

아빠는 침을 삼키고는 말을 이어 갔다.

"요즘은……."

"아빠, 그만. 그 얘긴 그만."

아빠는 불안한 눈으로 지우를 바라보았다.

"나 잘할 거야, 아빠. 난 달라지지 않았어. 꼭 내가 원하는 대학, 경영학과에 가서 좋은 직장에 취직할 거야. 꼭 그렇게 할 거야. 근데 그럼 엄마 아빠는 어떻게 되는 거야?"

지우는 아빠 얼굴에서 눈을 떼지 않았다. 눈도 깜박이지 않았다. 눈동자가 시리고 아팠지만 이상하게 그러고 싶었다.

"알고 있었니?"

"당연하지. 난 어린애가 아니야. 아니, 어린애들도 그 정도는 다 느낄 수 있어."

"아직은…… 어렵다."

지우는 무엇이 어려운 거냐고 묻고 싶었다. 하지만 아빠는 입을 닫아 버렸다.

"엄마는 자고 있으니 그만 돌아갈게."

"여기서 자고 가지. 소파에서 자면 되잖아."

"아니야. 오피스텔로 가야지. 거기가 편해."

지우는 포기한 듯 고개를 끄덕이며 "거기가 편해."라는 말을 속으로 되뇌었다. 여기는 불편하다는 걸 확인시켜 주는 말이었다.

"쉬렴."

문이 닫히고 아빠 모습은 온데간데없었다. 조금 전까지만 해도 이 방에서 자유로움을 느꼈는데 지금은 갇혀 버린 느낌이었다. 지우는 책상 서랍에서 다시 별자리 공책을 꺼내 펼쳤다.

"……은우 언니."

지우는 중얼거리듯 말했다. 눈을 감았다. 눈 속이 젖어 들었다. 눈을 뜰 수 없었다. 은우의 존재는 이제 없다. 그 부재가 지우의 일상을 흔들어 놓았다. 지금은 누구든 옆에서 사라지는 것이, 두렵다.

　지우는 유린에게 문자를 보냈다. 내일 시간 어떠냐고. 만날 수 있느냐고.

16

*

다시 만난 우리

학원 수업이 끝나고 지우는 유린을 만나러 곧장 버스를 탔다. 지우가 앉은 버스 창가에 햇볕이 꽤 따스하게 내리쬐었다. 이러다가 갑자기 봄이 찾아오는 거 아닐까, 생각하다 잠시 졸았다.

버스에서 내리자마자 지우는 조금 전 느낀 것이 착각임을 알았다. 햇빛은 강했지만 바람은 차가웠다. 지우는 점퍼에 달린 모자를 쓰고 지퍼를 목 위까지 바짝 올렸다. 유린이 있는 곳으로 발걸음을 재촉했다.

멀리 빨간 점퍼가 지우 눈에 들어왔다. 유린이 손에는 두툼한 전단이 들려 있었다. 유린은 머플러를 목에 둘둘 말고 장갑을 낀 채 한 장 한 장 전단지를 사람들에게 나누어 주고 있었다. 머플러 때문인지 아니면 멀리 있기 때문인지 유린의 표정을 알 수 없었다. 유린을 지나치는 사람들의 손은 모두 점퍼나 코트 주머니 속에 꽂혀 있어서 유린의 손은 종종 허공에서 허우적거렸다.

지우는 천천히 유린을 향해 걷다가 갑자기 멈추어 섰다. 더 이상은 다가갈 수가 없었다. 그저 그곳에서 유린을 지켜보았다. 그렇다고 유린을 저곳에 두고 그냥 돌아설 수도 없었다.

누군가를 오랫동안 지켜본다는 것은 어떤 것일까. 어째서 유린의 곁으로 더 이상 가까이 다가가지도 멀어지지도 못하는 것일까. 편의점과 설거지, 전단지까지. 어쩌면 유린은 지우가 생각한 것보다 더 먼 곳에 있을지도 몰랐다. 그 생각을 하자 가까워지고 싶었다. 조금 더 가까이에서 유린을 보고 싶었다.

지우는 한 걸음 한 걸음 유린에게 다가섰다. 어느 순간, 지우는 유린과 눈이 마주쳤다. 머플러에 깊숙이 묻혀 있던 유린의 얼굴에서 빛이 일었다. 유린이 웃고 있는 것일까.

"지우야."

유린의 목소리에 지우는 유린을 향해 달렸다.

"유린아, 같이 하자."

지우는 유린의 손에서 전단을 덜어 갔다. 사람들 앞으로 종이를 내밀었다. 받는 사람도 있지만 무심히 스쳐 가거나 받고도 금세 바닥에 버리는 사람도 있었다. 지우는 무시당했다는 생각과 부끄러운 기분에 낯이 뜨거워졌다. 자신을 흘깃 쳐다보고 지나치는 사람들의 시선을 견디기가 힘들었다. 지우는 유린을 보았다. 유린은 그런 감정은 사치라는 듯이 기계처럼 사람들 앞으로 종이를 내밀었다. 자신을 투명 인간 취급하고 지나가는 사람들을 유린 역시 똑같이 대하는 듯했다.

"저런 사람들까지 신경 쓸 필요 없어. 돌이라고 생각해 버려."

언제 다가왔는지 유린의 목소리가 들려왔다.

"돌? 알았어."

지우는 희미하게 웃었다.

"고맙다, 지우."

유린은 용기를 주려는 듯 지우 어깨를 툭툭 쳤다.

유린의 손이 다시 빨라졌다.

지우 주변에도 방학 때가 되면 아르바이트를 하는 아이들이 있었다. 그 애들은 번 돈으로 옷이나 화장품을 샀다. 지우는 일을 하지 않아도 가지고 싶은 것들을 용돈으로 살 수 있었다. 그런데 유린은 돈을 벌어 햇반을 사고 고양이 사료를 사고 라면을 산다. 지우는 유린을 바라보다가 재빨리 손을 놀렸다.

전단은 늦은 오후가 되어서야 동이 났다.

"수고 많았어, 지우야. 가자. 내가 라면 쏠게."

"아냐. 오늘은 내가 살게. 늘 얻어먹기만 했잖아."

"좋아."

유린과 지우는 근처 편의점에서 컵라면과 삼각김밥을 가운데 두고 앉았다.

"네 덕에 일이 빨리 끝났다. 이제 먹어 볼까."

"더 먹고 싶은 거 있으면 말해."

"디저트로 티라미수!"

유린이 유쾌하게 말했다.

"기다려."

지우는 티라미수 두 개를 집어 계산하고 가져왔다. 지우와 유린은 컵라면 뚜껑을 열고 먹기 시작했다. 유린은 면보다 국물을 먼저 먹었다. 지우는 그 모습을 보며 차가운 몸을 따뜻하게 녹이려는 것이라고 생각했다.

"먼저 연락해 줘서 고맙다."

"그게 왜?"

유린은 나무젓가락을 내려놓았다.

"처음이야. 나한테 먼저 만나자고 말한 친구는. 아! 친구라고 해도 되지?"

"물론. 그리고 처음 아니잖아."

"그때는 세민이 때문 아니었어?"

지우의 얼굴이 붉게 달아올랐다.

"미안, 놀려서."

유린이 장난스럽게 웃었다.

평범한 모습. 그래서 유린을 더 알 수 없었다. 지우는 유린이라
는 한 사람 안에 감춰져 있을 이야기들이 궁금했다.

유린이 고개를 들어 음료수로 목을 축이고는 입을 열었다.

"골목 여행은 잘 했어?"

"응. 별도 보고 소리도 듣고."

"그 뒤로 세민이랑 통화나 톡은 안 했어?"

지우는 고개를 가로저었다. 이상하게 얼굴에 열이 올랐다.

"피아노 친다는 애가 너무 차가운 거 아니야? 편지 잘 읽었다는,
뭐 그런 말도 안 하냐? 그치?"

유린이 농담처럼 말을 던졌다.

"그럴 수도 있지, 뭐."

"안되겠다."

유린은 점퍼 주머니에서 휴대폰을 꺼냈다.

"세민이 번호가 뭐야?"

지우는 자기 휴대폰에 저장된 번호를 유린에게 문자로 보내 주
었다.

"근데 뭐 하려고?"

"세민이 부르려고."

지우가 말리기도 전에 유린의 휴대폰에서 신호음이 들려오기
시작했다. 유린이 세민과 통화를 하는 동안 지우는 식은 컵라면 국
물을 젓가락으로 휘휘 저었다.

유린이 귓가에서 휴대폰을 떼고 지우를 보았다. 지우는 궁금해서 눈을 동그랗게 떴다. 유린이 웃어 보이자 지우는 은근히 기대가 되었다.

"오기로 했다. 너무 고집이 세."

유린과 지우는 티라미수까지 다 먹고는 밖으로 나왔다. 늦은 오후가 되자 바람은 더욱더 차가워졌다. 지우와 유린은 근처에 있는 복합 쇼핑몰 안으로 들어가 세민에게 그곳으로 오라는 문자를 보냈다.

쇼핑몰 안은 화려하고 활기가 넘쳤다. 사람들의 옷차림이 아니라면 계절감도 시간도 느낄 수 없을 정도로 이곳은 기온과 조도가 늘 일정했다. 웅성거리는 사람들의 소리와 매장 곳곳에서 흘러나오는 음악 소리들이 한데 섞여 공간이 비현실적으로 붕 떠 있는 느낌이었다.

지우는 거의 매주 주말마다 여기서 엄마와 쇼핑도 하고 영화도 보고 밥도 먹었다. 지우에게는 익숙한 공간이었다. 하지만 유린은 지우의 팔짱을 끼며 예전에 한 번 이곳에서 영화를 본 적이 있다고 말했다. 지우는 자기 이야기는 하지 않은 채 웃으며 고개를 끄덕였다.

지우와 유린은 분수대 근처 의자에 앉아서 세민을 기다렸다. 유린이 어디쯤 왔냐는 문자를 보내자 이십 분 뒤쯤 도착할 거라는 답이 왔다. 지우는 유린과 세민 사이에서 오고 가는 문자를 지켜보았다. 저도 모르게 양손을 깍지 낀 채 손가락을 조몰락거렸다.

잠시 뒤 세민이 지우와 유린 앞에 섰다. 아이들은 손을 흔들며 서로 어색한 안녕을 주고받았다. 지우는 바로 어제 세민과 시간을 보냈는데도 다시 만나니 조금 낯설고 쑥스러웠다.

"편지 잘 읽었어."

세민은 입을 달싹였다. 지우는 뒤에 이어질 말을 기다렸지만 세민은 자기 발끝만 내려다보았다. 지우는 담담하게 웃으며 고개를 끄덕였다.

사람들의 소리가 가득했다. 웅성거리는 백색 소음. 그 소음 속 어딘가에서 맑은 피아노 소리가 흘러나왔다. 세민이 가장 먼저 알아챘다. 세민은 소리를 놓쳐 버릴세라 몸을 움직이며 소리의 진원지를 찾았다. 조금 떨어져 있던 남자가 전화를 받자 소리도 끊겼다. 휴대폰 벨 소리를 피아노곡으로 해 놓았던 것이다. 별일 아니었지만 세민은 자신의 귀가 살아 있음을 느꼈다.

"세민아."

유린이 부르자 세민은 그제야 고개를 돌렸다.

"어. 근데 나 여기로 왜 불렀어?"

"만나는 데 꼭 이유가 있어야 하냐?"

유린은 아무렇지 않게 말했다.

"아까는 그렇게 말 안 했잖아. 할 말이 있다고."

"그냥 만나자고 하면 안 나올까 봐 그랬지. 방학이니까 시간이 있을 줄 알았어."

"나에 대해 뭘 안다고."

그렇게 말했지만 세민은 정말 싫었다면 여기 나오지 않았을 것이라고 생각했다. 유린의 전화를 받고 나서 어젯밤의 고양이, 골목, 별, 이런 것들이 차례로 떠올랐었다.

"걷자."

지우가 앞서 나가며 말했다. 세민과 유린도 발걸음을 뗐다. 어느 순간, 지우와 유린이 앞에 서고 세민은 주머니에 손을 꽂은 채 뒤를 따르고 있었다.

옷 가게, 향수 가게, 팬시용품점들이 즐비하게 늘어서 있었다. 유린과 지우는 쇼윈도를 구경하며 천천히 걸었다. 들썩거리는 분위기 때문인지 이유 없이 마음이 오르내렸다.

상가로 이어진 길 끝에 작은 광장이 나타났다. 광장 가운데 피아노가 있었다. 누구나 칠 수 있는, 누구에게나 열려 있는 피아노였다. 여덟아홉 살쯤으로 보이는 남자아이가 제 몸보다 훨씬 큰 피아노 앞에 앉아 있었다. 엄마로 보이는 여자가 흐뭇한 얼굴로 경쾌하게 움직이는 아이의 손가락을 내려다보고 있었다.

세민도 그 아이를 뚫어져라 보았다. 작은 손가락이 힘겹지만 세차게 건반을 오고 갔다. 어설프지만 다른 사람들을 신경 쓰지 않는 아이의 몸짓이 귀여웠다. 자신이 저 아이만 할 때가 생각났다. 손가락의 움직임에 따라 소리를 내는 피아노가 좋았던, 피아노 소리가 곱고 예뻐서 오래도록 듣고 싶었던 기억. 세민의 얼굴에 웃음이 배어들었다. 회상이 잦아든 것은 아이의 연주가 멈추었을 때였다. 아이는 엄마와 손을 잡고 사람들 속으로 섞여 들어갔다.

"너도 쳐 봐."

유린이 세민에게 말했다.

"나도 듣고 싶어."

세민은 유린과 지우를 번갈아 보았다. 세민의 마음속에서 갈등이 일었다. 피아노를 칠 것인지 말 것인지. 귀에서 또 소리가 나지 않을까. 어젯밤엔 짧은 연주였지만 괜찮았었다. 그렇다면 이번에도 무사히 넘길 수 있지 않을까. 세민은 주변을 둘러보았다. 많은 사람들이 지나치고, 오고 가는 곳. 이곳은 무대 위도 아니고 피아노를 치는 사람에게 관심을 두는 사람들도 얼마 되지 않았다. 세민은 푸, 숨을 내쉬고 피아노 앞으로 다가갔다. 아이들도 뒤를 따랐다.

세민은 피아노 앞에 앉아 건반에 손가락을 올려놓았다. 첫 음을 치기 시작했다. 지우의 가슴이 콩닥거렸다. 세민의 연주는 어떤 느낌일까.

음이 이어져 선이 되어 물처럼 흘러들었다. 지나가던 사람들이 하나둘 모여들었다. 부드러운 선율이 광장을 누볐다. 오선지에 있던 음표들이 빛을 내며 떠다니는 것 같았다. 소리가 빛이 될 수 있다는 것을 지우는 처음으로 느꼈다. 빛은 무리를 짓다가도 흩어지고 또다시 모여들었다. 세민의 연주가 절정으로 치닫자 빛 무리는 광장의 높은 천장까지 자유롭게 치솟아 올랐다. 반짝이는 빛들이 천장 가득 펼쳐졌다. 그러곤 순식간에 아래로 흩뿌려졌다. 지우는 쏟아지는 빛의 황홀함에 반한 듯 위를 올려다보았다. 저도 모르게 입술은 벌어지고 빛들이 지우의 몸 구석구석까지 파고드는 듯했다. 지우는 세민에게로 눈을 돌렸다. 피아노 앞에 앉아 있지만 그 아이의 마음은 그곳에 없는 듯했다. 그 아이가 바라고 원하는 곳으로 이미 떠나 있었다. 그곳이 어디쯤인지 궁금했다. 지우는 연주가 끝나지 않았으면 좋겠다고 생각했다. 지우는 세민이 이끄는 빛의 세계로, 알 수 없는 틈으로 미끄러져 들어갔다.

'언니…….'

어두운 밤이 되면 지우는 그 방으로 들어갔다. 망원경이 있는 방. 그 방을 생각하자 광장 천장에서 쏟아져 내린 빛이 사람의 형태로 바뀌어 은우가 되었다. 지우는 은우를 바라보았다.

은우는 언제나 밤을 기다렸었다. 어둠이 찾아오기를. 이유는 단하나였다. 별빛을 보기 위해서. 은우는 밤이 되면 달라졌다. 두 눈이 반짝였고 숨소리는 맑고 투명해졌다. 웃음이, 표정이, 피부가 환해졌다. 반면 지우는 밤이 되면 모든 에너지가 소진되어 힘에 겨웠다.

지우는 늘 은우와 거리감을 느끼며 자랐다. 사춘기가 되었을 때 둘 사이는 극명하게 갈라지기 시작했다. 은우의 방도 마찬가지였다. 겨우 몇 발짝만 걸으면 닿을 수 있었는데도. 그 방에는 어둠과 별과 망원경만 존재했다. 그곳에 머물다 보면 다른 세계에 있는 것만 같은 기분에 휩싸였다.

지우가 세상에 편입되기 위해 노력 중일 때 은우는 닿을 수 없는 우주를 꿈꾸고 밤을 기다리고 희미하게 드러난 빛을 읽고 외웠다. 눈앞의 현실도 버거운 지우에게 하늘에서 일어나는 일들은 아무런 의미가 되지 못했다. 좋은 대학을 나와도 미래가 불투명한 현실에서 별을 본다는 것은 지우에게는 현실 도피나 회피처럼 느껴졌다. 은우를 보고 있으면 뜬구름 잡는 사람이라는 생각만 들었다.

지우가 은우를 만나는 시간은 밤뿐이었다. 지우는 밤 11시 무렵 집으로 돌아와 가방을 바닥에 버리듯 던져 놓고 약간의 간식을 먹고 씻었다. 그러고 나서야 은우 방문을 두드렸다. 자정이 다 된 시간이었다.

은우는 언제나 지우를 반기고 환영했다. 마치, 자신이 지우를 방에 초대한 듯이. 그리고 지우를 위한 별빛의 만찬을 펼쳐 놓았다. 망원경으로 들여다본 별들의 이야기. 초코 머핀 위에 뿌려진 별사탕처럼 은우는 바삭거리고 달콤한 이야기들을 지우에게 한가득 안겨 주었다.

그 순간, 세민의 연주가 멈추었다.

빛도 사라졌고 은우도 사라졌다. 여행도 끝이 났다. 지우는 아찔한 기분에 눈을 감았다 떴다. 세민이 두 손으로 양쪽 귀를 막고 있었다. 표정도 일그러졌다. 깜짝 놀란 지우와 유린이 세민의 곁으로 다가섰다. 세민은 미동도 없이 그 자세 그대로 앉아 있었다.

"괜찮아?"

지우가 세민의 어깨를 흔들며 물었다. 세민은 그제야 귀에서 손을 떼고 아이들을 보았다.

"왜 그래?"

지우가 물었다.

세민은 망설였다. 자신의 치부를 지우와 유린에게 말할 수 있을까.

"괜찮아."

세민의 주변으로 모여들었던 사람들이 하나둘씩 자리를 벗어났다. 세민은 의자에서 일어나 아무 일도 없었다는 듯이 그만 가자고 말했다. 유린과 지우는 세민에게 어떤 말도 붙일 수 없었다. 지우는 캠프에서 피아노 연주자 아이를 바라보던 세민의 눈빛이 생각났다. 뭔가를 불편해하던 눈빛. 지금 세민의 행동과 그때의 눈빛에 무슨 관련이 있는 것일까. 지우는 궁금했다.

아이들은 다시 걸었다. 누구도 먼저 입을 열지 않았다. 오랫동안 걸었던 탓인지 좀 출출했다.

"우리 뭐 좀 먹을까?"

지우의 말에 아이들은 약속이라도 한 듯 주변을 둘러보았다.

광장 2층 편의점에서 과자와 음료수를 사서 간이 테이블에 앉았다. 과자 세 봉지를 뜯어 모두 펼쳐 놓은 채 골고루 집어먹었다. 아무도 입을 열지 않았다. 간간이 서로 눈빛이 마주쳤지만, 그때마다 눈길을 돌리고 과자와 음료수를 먹는 데만 집중했다.

"궁금한 게 있는데."

마침내 지우는 세민을 바라보며 말했다. 세민은 심드렁한 눈길로 지우를 보았다.

"뭔데?"

"아까, 연주 왜 그만뒀어?"

"하기 싫어져서."

냉랭한 세민의 말투에서 지우는 다시 한번 높고 단단한 벽을 느꼈다.

"귀는 왜 막은 거야?"

이번에는 유린이 물었다.

"……"

세민은 아랫입술을 깨물더니 입을 열었다.

"나도 궁금한 게 있어. 너는 왜 혼자 살고 있는지."

분위기가 싸늘해졌다. 유린은 세민과 지우를 번갈아 보았다.

"알았어. 말해 줄게."

유린이 음료수를 한 모금 마시고는 말문을 열었다.

17

*

유린의 이야기

유린은 어릴 때부터 할아버지와 단둘이 살았다. 할아버지는 젊은 시절 종로 세운상가에서 일하다가 동네에 전파상을 차렸다. 할아버지의 좁은 가게에는 오래된 텔레비전과 라디오, 세탁기, 냉장고들이 가득했다. 하지만 찾아오는 손님은 없었고 할아버지는 그것들을 결국 고물상이나 재활용 센터에 팔았다. 할아버지는 손수레를 끌고 다니며 폐품을 거둬들이는 일을 겸했다.

지난해 봄, 할아버지가 돌아가시고 유린은 혼자 남았다. 장례식이 끝나고 몇 달 동안은 친척 집을 전전하다가 지금은 혼자 지내고 있다. 사회 복지사는 보육원이나 그룹홈을 권했지만 유린은 그곳을 선택하지 않았다.

지우가 왜냐고 물었다.

"알아보니까 스무 살이 되면 거기서 나와야 해. 어차피 그럴 거면 지금부터 혼자 살아 보는 게 좋을 것 같았어. 계속 그렇게 살아야 하니까. 할아버지 물건이랑 살던 집이랑 다 정리하고 났더니 옥탑방 전세 얻을 정도는 남더라고. 전에 살던 집 주인아주머니가 지금 옥탑방 주인이야."

지우와 세민이 고개를 끄덕였고 유린은 아무렇지 않은 듯 이야기를 이어 갔다.

"옥탑방에서 오래오래 살 수 있었으면 좋겠어. 다행히 주인집 아주머니는 내가 스물다섯 살이 될 때까지 전셋값을 올리지 않겠다고 했어. 월세로 전환하지도 않고."

"옥탑방에 있던 그거 라디오였어?"

세민의 말에 유린은 고개를 끄덕였다. 할아버지의 유품이라 간직하고 있다고 했다.

할아버지는 언제나 라디오를 켜 놓았다. 전파상 안에는 늘 노래와 음악이 흘러 다녔다.

유린은 아무 말이 없는 세민을 보며 전파상은 가전제품을 팔거나 고치는 곳이라고 설명해 주었다.

"그 정도는 나도 알아."

세민이 어깨를 들었다 놓으며 답했다.

어릴 때 학원에 다니지 않았던 유린은 학교 수업이 끝나면 할아버지 가게로 달려갔다. 할아버지가 옆 가게 할아버지랑 바둑을 둘 때면 혼자 가게를 지켰는데, 라디오 주파수 맞추는 것을 좋아했다고 한다. 찌지직찌지직, 알 수 없는 소리가 좋았다고. 어쩌면 다른 행성에 사는 존재가 보내는 신호일지 모른다는 기분 좋은 상상을 했다고.

그러던 어느 날이었다. 라디오에서 희미한 소리가 들려왔다.

'나를 찾아 줘.'

분명히 말하고 있었다. 하지만 그 말이 나온 주파수는 다시 찾을 수가 없었다. 튜너를 계속 돌려 봐도 다른 길로 빠지는 것 같았다.

할아버지가 무심코 했던 이야기가 떠올랐다.

"가끔 들린다, 그들의 소리가. 잡힌다, 그들이 보내는 신호가."

할아버지는 창밖에 그려진 파란 하늘을 보며 혼잣말을 중얼거렸다. 유린도 할아버지의 시선을 따라 눈을 올렸다. 파란 하늘에 신기한 형체가 떠 있었다. 비행기도 아닌 물체가 한자리에 떠 있다가 갑자기 사라져 버렸다. 그때 유린은 할아버지 말이 진짜인 줄 알았다. 그런데 병원에서는 할아버지에게 치매가 찾아왔다고 했다. 할아버지는 진단을 받고도 별스러운 일이 아니라는 듯 매일 전파상에 나와 있었다.

유린은 라디오 소리에 집중하는 습관이 생겼다. 미세한 소리에도 신경이 곤두서곤 했다. 하지만 그 후에는 나를 찾아 달라는 소리를 더 듣지 못했다.

지구에서 자신을 이해해 줄 수 있는 친구를 만난 적이 없었다고, 어쩌면 평생 그럴지도 모른다는 막연한 불안감이 들었다고 한다.

지우는 캠프에서도 혼자 떨어져 겉돌던 유린의 모습이 떠올랐다. 친구를 원하면서도 친구를 두려워하던 모습의 유린. 유린은 더 이상 다른 행성 친구를 기다리지 않는다고 했다. 만약 뭔가가 되어야 하고, 될 수 있다면 동물들과 함께하는 일을 하고 싶다고 말했다.

유린을 집에 혼자 두고 외출할 때 할아버지는 늘, 밖으로 나가지도 말고 밖에서 누군가 벨을 눌러도 안에 사람이 있는 기척을 절대로 내지 말라고 일러두었다.

할아버지의 치매 증상이 하나둘 늘어 갈수록 유린이 혼자 알아서 해야 할 일들도 많아졌다. 식사도 빨래도, 생리와 같은 몸의 변화도.

유린은 집에 혼자 있을 때, 늘 조용조용 까치발을 들고 다녔다. 방바닥에 대자로 누워서 밖의 소리를 들으며 세상을 상상했다. 새소리, 개가 짖는 소리, 가볍게 뛰어가는 아이들 소리, 공이 튕기는 소리, 자동차가 달리는 소리, 싸움 소리, 노랫소리……

하지만 가장 좋아하는 소리는 알 수 없는 주파수 소리였다. 치지직치지직, 치지직치지직……. 어딘가를 떠나기 전 채비를 하는 도약의 소리 같기도 했고, 길을 잃어버린 자의 초조함 같기도 했다. 불안정하고 의미가 없는 소리. 잃어버린 것을 찾기 위한 소리. 안

정된 길을 들어서기 전 헤매는 소리. 유린은 그런 소리가 자기와 닮았다고 생각했다. 마치 자기 마음속에서 들려오는 것 같았다.

아이들 틈에 섞일 수가 없었다. 그 사이로 들어가 관계를 유지하려면 모든 것이 갖추어져야 했다. 돈과 시간이 가장 기본이었다. 하지만 유린에게는 그 두 가지가 가장 부족했다.

할아버지를 원망한 적도 많았다. 막상 혼자가 되고 나니, 할아버지가 자기를 붙잡아 주는 가늘지만 강한 줄이었다는 것을 깨달았다. 할아버지가 없으면 자유로워질 거라고 생각했는데. 달라진 것은 없었다. 편의점과 설거지 아르바이트를 해도 돈과 시간은 여전히 부족했다.

습관 때문인지, 관성 때문인지 옥탑방으로 와서도 주변에서 들리는 소리들을 쉽게 넘기지 못했다.

어느 날부터인가 고양이들의 울음소리가 들려왔다. 유린은 그 소리를 무심히 흘려들을 수가 없었다. 전단지 아르바이트를 시작했다. 고양이 사료를 사기 위해서는 일을 해야 했다. 골목을 돌아다니며 고양이들에게 사료를 주었다. 그 일은 이제, 유린에게 자연스러운 일과가 되었다.

담담한 유린의 목소리가 어두운 밤하늘에서 찾은 여린 별빛 같았다. 오랫동안 하늘에 눈을 붙이고 있어야 만날 수 있는 희미한 빛.

"그런 얘기, 어렵지 않아?"

지우는 조심스레 물었다.

"글쎄, 내 이야기를 주의 깊게 듣는 사람을 한 번도 만난 적이 없어서. 대부분의 사람들은 잘 기억 못 해. 중 2 때 한 친구랑 친해져서 내 얘길 다 했는데 어느 순간 멀어져 있더라고. 그런 일, 이젠 아무렇지 않아. 너희들도 그럴지 모르고. 그런 날이 와도 상관없어."

유린의 눈에 냉소적인 기운이 어렸다.

"난, 소리로 나를 기억해 준 네가 신기하고 궁금했어."

"그래?"

유린의 눈빛이 금세 다시 따뜻해졌다. 고양이를 바라보던 때처럼.

"캠프에는 어떻게 오게 된 거야?"

지우가 물었다.

"우리 집에 우주 관련 책들이 있는 걸 보고 사회 복지사 선생님이 갈 수 있게 해 줬어. 내가 별을 좋아한다고 착각하신 것 같아. 근데 아니라고는 안 했어. 한번 가 보는 것도 나쁘지 않을 것 같았거든. 너희는 어떻게 캠프에 온 게 된 거야?"

갑자기 침묵이 이어졌다. 잠시 뒤 세민이 무릎 위에 있던 양손을 탁자 위로 올렸다.

"그 연주, 원래는 내가 하기로 한 거였어."

세민이 손등에서 눈을 떼지 않은 채 말했다.

"캠프 때 피아노 연주?"

유린이 되물었다. 세민은 조금 전 유린이 했던 말이 생각났다. '그런 일, 이젠 아무렇지 않아.' 그 말이 좋았다. 세민은 입을 열었다.

"피아노를 치면 귀에서 소리가 들려. 병원에서는 스트레스 때문이래. 내 귀에서 일어나는 일이지만 이해가 안 돼. 어릴 때부터 난 피아노만 치고 싶었어. 누군가 억지로 강요한 것도 아닌데 갑자기 왜 이러는 걸까? 내가 피아노를 칠 수 없게 돼서 캠프 연주도 나 대신 친구가 하게 되었고, 주완이 앞에서 괜히 쿨한 척하느라 캠프에 가게 된 거야. 근데 막상 현실로 닥치니까 마음이 그게 아니더라고."

지우는 세민의 이야기를 들으며 자신의 눈앞에 아른거리는 빛을 떠올렸다. 병원에서도 쉽게 말하지 못한, 자신의 눈에만 보이는 빛을. 그 이야기를 할 수 있을까. 지우가 고민하는 사이 유린이 먼저 대화를 이었다.

"아까도 그랬어?"

세민은 고개를 끄덕였다.

"다른 사람이 치면?"

"그럴 땐 괜찮아."

유린의 말에 세민이 답했다.

"내 안에 다른 존재가 살고 있는 것 같아. 피아노를 치지 않는 요즘, 모든 게 낯설어. 다른 사람이 된 것 같아. 뭘 어떻게 해야 할지 모르겠어."

다 털어놓고 나니 세민은 속이 조금 후련했다.

이야기를 듣고 있던 지우는 마음속으로 말했다.

'나도 빛이 보여.'

지우는 세민을 바라보았다. 네 연주를 들을 때 빛이 쏟아지는 걸 보았다고 말해 주고 싶었다. 그 속에서 은우 언니가 떠올랐다고.

"지우 넌? 왜 오게 된 거야?"

세민이 지우를 보며 물었다. 지우는 세민의 눈을 보았다. 눈빛에서 지우를 알고 싶어 하는, 궁금해하는 진심이 느껴졌다. 세민의 선율 속에서 떠올린 은우는 예전처럼 아프지 않았다. 그래서일까, 세민에게 고마웠다. 자기 이야기를 해 준 유린에게도.

지난번 겨울이었다. 지우가 공부를 하고 있는데 은우가 방으로 들어왔다. 겨울 방학 때 강원도에서 청소년 대상으로 진행하는 별자리 캠프가 있는데 함께 가자고 말했다. 지우는 귀찮은 생각이 들어 거절했다. 하지만 은우는 포기하지 않고 보여 주고 싶은 게 있다며 설득했다. 자꾸 졸라 대는 게 성가셔서 알겠다고 말한 뒤 그 일을 잊고 있었다. 얼마 뒤 은우는 이번 겨울에는 신청자가 많아서 탈락했지만, 다음 겨울 캠프 때 우선권을 받기로 했다고 말했다. 지우는 은우의 말을 흘려들었다. 그런데 정말 일 년 뒤 초대 문자가 온 것이었다.

지우는 말문을 열었다.

"언니가 신청을 해서……."

하지만 더 이상은 말을 이을 수 없었다. 세민과 유린은 더 많은 이야기를 기다리는 표정을 짓고 있었지만, 지우가 입을 열지 않아도 보채거나 강요하지 않았다.

"망원경 보고 싶다. 멀리 있는 별이 진짜 가깝게 느껴졌었어. 캠프에서 그건 좋았어."

세민이 환하게 웃으며 말했다. 지우는 그 미소의 반짝임이 좋아서 저도 모르게 집에 망원경이 있다고 말해 버렸다.

"정말?"

유린과 세민이 동시에 물었다. 지우는 순간, 자신이 실수한 게 아닌가 싶었다. 망원경이 있는 방은 은우 언니의 방이었으니까.

"보러 가도 돼?"

유린이 조심스레 물었다.

"네가 내키지 않으면 괜찮아."

세민은 지우의 표정을 살피더니 유린의 기대를 슬며시 가라앉혔다. 지우는 과자를 하나 집어 입 안에 넣었다. 과자가 녹을 때까지 오랫동안 가만히 물고 있었다.

"괜찮아. 우리 집에서 다 같이 별 보자."

유린이 좋아하며 고개를 끄덕였다. 세민도 뒤이어 짧게 웃었다.

아이들은 다시 과자와 음료수를 먹으며 광장을 내려다보았다.

많은 사람들이 이곳을 오갔다. 아이들은 사람들의 검은 머리를 보며, 유린의 집에서 했던 땅따먹기 놀이를 떠올렸다. 사람들의 머리를 점 삼아, 선을 이어 보았다. 사람들 사이를 계속 잇다 보니 지우가 이야기했던 별자리와 묘하게 닮아 보였다.

18

*

별을 잇는 시간

지우는 마음이 바빴다. 아이들을 초대해 놓고 보니 지저분한 방이 눈에 들어왔다. 청소기를 돌리고 집 안 정리도 했다. 책상 정리를 하고 이불도 새것으로 바꾸었다. 방향제까지 뿌려 놓고 나서야 몸도 마음도 느긋해졌다.

지우는 은우 방으로 들어갔다. 이 방은 지우가 손보지 않아도 엄마가 매일 정리를 해서 깨끗했다. 지우는 망원경을 손으로 쓰다듬었다.

곧 휴대폰이 울렸다. 집 앞에 도착했다는 유린의 목소리가 들려왔다.

지우가 현관문을 열자 아이들은 신발을 벗고 거실로 올라섰다.

집 안을 둘러보느라 눈들이 바쁘게 움직였다. 유린은 이렇게 넓고 좋은 집은 처음 와 보았다고 말했다.

"배고프지? 피자 주문해 놨어. 조금 있다 올 거야."

"그래? 난 아무거나 좋아."

유린이 점퍼를 벗으며 어색하게 말했다. 지우는 아이들을 자기 방으로 안내했다.

"무슨 문제집이 이렇게 많아?"

유린이 책장을 훑으며 물었다.

"지우는 경영학과 가고 싶대. 거기 가려면 공부 잘해야 할걸."

"그렇구나."

유린의 목소리가 힘없이 풀어졌다. 지우가 유린을 슬며시 살폈다.

"유린아, 어디 아파?"

"아니."

"근데 왜 그렇게 힘이 없어?"

"아냐, 쌩쌩해."

유린이 웃음을 지었다.

"망원경은?"

세민이 물었다.

"이리 와."

지우가 방문을 열었다. 유린과 세민은 바로 망원경을 살펴보았다. 그러고는 호기심 어린 눈으로 방 안도 둘러보았다. 유린과 세민은 왠지 이 방에 주인이 따로 있는 것 같다는 생각을 했다. 캠프를 신청했었다는 지우의 언니일까.

피자가 도착해 아이들은 식탁에 둘러앉았다. 유린은 먹는 둥 마는 둥 했다. 지우가 다시 한번 어디 불편하냐고 묻자 유린은 지그시 지우를 보았다.

"어쩐지 네가 무척 멀게 느껴져."

지우는 유린의 말이 무엇을 뜻하는지 단박에 알아차렸다. 유린의 동네에서, 유린과 아르바이트를 하던 거리에서 지우도 똑같이 느꼈으니까. 유린이 솔직하게 말해 줘서 고마웠다.

"멀지 않아, 우린."

지우가 힘주어 말했지만 유린은 믿을 수 없다는 듯 눈길을 피했다.

세민이 웃으며 피자가 맛있다고 말했다. 굳어 있던 분위기가 조금은 부드러워졌다.

"다 먹었으면 망원경 볼까?"

지우가 먼저 일어났다.

아이들은 방으로 들어갔다.

"여긴 네 누나 방이야?"

세민이 물었다. 아무래도 여자 방에 들어와 있는 게 어색하기도 했다. 유린은 책상 위에 있는 물건들을 눈으로 훑어보며 지우의 대답을 기다렸다.

"맞아, 우리 언니 방."

"언니는 어디 있어? 이렇게 막 들어와도 돼?"

유린이 이어서 물었다. 지우는 이제는 솔직하게 말할 때라고 생각했다.

"언니는 저기 있어."

유린과 세민은 지우의 손끝을 보았다.

"위층?"

유린이 물었다.

"아니, 저 하늘. 우리 언니는 작년부터 영원히 열아홉 살이야."

지우는 은우를 떠올리며 이야기를 풀어놓았다.

고등학교 3학년을 앞둔 겨울 방학 때, 은우는 엄마 아빠에게 선전 포고를 하듯 대학에 가지 않겠다고 말했다.

"네가 좋아하는 별 있잖아. 그 별 실컷 볼 수 있는 천문학과 가면 되잖아."

엄마가 회유하듯 말했지만 은우의 고집은 완강했다. 은우는 아르바이트를 시작했고 겨울 방학 내내 집 안 분위기는 냉랭했다. 3학년 새 학기가 시작되자마자 은우는 다니던 학원도 그만두었다. 그때까지 가족은 모두 은우의 말을 온전히 믿지 않았다. 학교 공부에 충실했고, 내신도 괜찮은 성적이었다. 마음이 바뀔 거라고 생각했다.

"한 학기 대학 등록금만 주세요. 그다음부터는 경제적인 지원도

받지 않을게요."

은우 말에 엄마 아빠는 잠시 할 말을 잃었다. 지우도 마찬가지였다. 엄마는 대학을 가지 않으면 단돈 일 원도 줄 수 없다고 말했고, 아빠는 나중에 다시 이야기하자는 말만 되풀이했다.

지우는 은우를 이해할 수 없었다. 은우가 현실적이지 않은 사람이라는 것은 가족들도 오래전부터 느끼고 있었다. 밖에서 은우는 희미하고 평범했다. 세상의 규정에서 크게 벗어나지 않았다. 외모나 학교 성적, 성격 모두 어느 곳에서나 잘 섞이고 묻히는 투명한 공기나 물 같은 사람이었다. 세상의 중심에 있기보다는 한두 발 뒤로 물러나 있었다. 은우는 그런 자신의 위치에 불만이 없는 듯했다. 지우는 종종 자신이 언니라면 어떨지 생각해 본 적이 있는데, 아마 불만족스럽고 아쉬울 것 같았다.

엄마 아빠의 냉대에도 은우는 달라지지 않았다. 은우는 아르바이트를 멈추지 않았다. 스스로 돈을 벌기로 한 것이다. 집과 갈등 중이던 은우가 있을 곳은 자기 방뿐이었다. 은우의 방은 세상에서 고립된 공간이 되었다. 지우는 은우를 세상 속으로 데리고 나오고 싶었다. 그 방에서 은우를 탈출시키고 싶었다.

은우는 언제나 여든아홉 번째 별자리를 찾고 싶다고 말했다. 자기만의 별자리. 이곳에서는 찾기 힘드니 별이 더 잘 보이는 곳으로 가고 싶다고 했다. 은우가 말한 곳은 몽골이었다. 그때도 지금도 지우는 언니가 별자리를 찾고 싶어 했던 이유를 알지 못한다. 살아가는 데 중요한 일은 아니라고, 허황된 꿈이라고만 생각했었다.

은우는 여름 방학 동안 몽골에 다녀오겠다는 계획을 구체적으로 세우기 시작했고 실행에 옮겼다. 그리고 돌아오지 못했다. 그곳에서 사라져 버렸다. 영원한 어둠 속으로 들어가 버렸다.

엄마 아빠는 끝까지 은우를 말리지 않은 것을 후회했다. 후회의 구덩이는 시간이 지날수록 깊어지고 넓어졌다. 집은 끝없이 어두운 나락으로 가라앉았다.

모든 것이 어떻게 지나갔는지 모르겠다. 장례식 때도 실감이 나지 않았다. 더 이상 언니를 만날 수 없다는 것을 깨달은 것은 장례식이 끝나고 한 달도 더 지나서였다. 하지만 지우는 꾸역꾸역 일상을 살아 냈다. 11월 찬 바람이 불고 겨울이 다가올 무렵, 어느 날 눈앞에 빛이 아른거리기 시작했다. 빛은 서서히, 조금씩 지우를 흔들었고 이 방으로 이끌었다. 일상에 금이 가고 균열이 일어났다. 눈앞에 아른거리는 빛을 따라가다 보면 어느 순간 은우 방에 있는 자신의 모습을 발견했다. 어느 날부터인가 망원경을 보기 시작했고 어느 날부터는 별자리 책을 읽기 시작했다.

"점점 길어졌어, 이 방에 머무는 시간이. 언니 없이 혼자였고 아무 목소리도 이야기도 없는데. 오직 빛만 아른거렸지."

"빛?"

세민이 안타까운 표정으로 위로를 전했다. 어서 이야기를 해 보라는 무언의 다독임도.

"내 귓속에서 소리가 들리는 것처럼 너는 눈앞에 빛이 아른거렸던 거야?"

세민의 물음에 지우는 고개를 끄덕였다.

"병원에도 가 보았는데 눈에 이상이 있는 건 아니래. 언니는 나와 다른 세상을 꿈꾸고 있었어. 내가 이해할 수 없는 세계였어. 언니가 살아 있을 때 우리가 만나는 시간은 하루 스물네 시간 중 겨우 삼십여 분에 불과했어. 그런데 언니가 떠난 뒤 빛이 계속 눈앞에 나타나고 나를 불러. 캠프에서도 그 빛을 보았어. 또 네가 광장에서 피아노를 칠 때도 빛을 보았고. 처음에는 그 빛이 두려웠는데 지금은 아니야. 언제부터 그렇게 되었는지는 잘 모르겠어."

지우는 유린에게 고개를 돌리고는 이어 말했다.

"곁에 있던 사람이 사라지는 게 얼마나 무서운 일인지 나도 알아. 나를 감싸고 있는 벽이 무너진 기분. 무섭고 겁이 나지. 할아버지가 돌아가셨을 때, 너도 그랬어?"

유린은 고개를 끄덕였다. 피자를 먹을 때 지우가 우린 멀지 않다고 했던 말이 떠올랐다.

"지금은 괜찮아. 아직은 할아버지가 준 따뜻한 기억이 남아 있으니까. 그런데…… 스무 살이 되고 스물다섯 살이 되고 서른 살이 되어도 햇반과 라면과 단무지만 먹어야 한다면 힘들 것 같아. 따뜻한 기억도 사라지겠지. 지금보다 바래고 약해지겠지. 그때도 난 괜찮다고 말할 수 있을까."

지우는 눈시울이 촉촉해진 유린을 바라보았다. 유린이 여기 와서 힘없어 보였던 이유를 알 것 같았다. 지우가 본의 아니게 유린의 마음을 아프게 한 걸지도. 묘한 부끄러움이 밀려들었다. 지우는 이어지는 유린의 말에 귀를 기울였다.

"예전에 했던 말 생각나? 고양이에게 시간은 현재뿐이라고. 과거나 미래를 생각하지 않는대. 나도 고양이처럼 살고 싶어. 미래를 생각하기가 두렵고 무서워. 내게는 평범한 학교생활도 다른 세상 일 같아. 아이들이 지겨워하는 학원도. 대학은 더군다나 비현실적이야."

지우는 유린이 곧 알지 못하는 곳으로 떠나 버릴 사람처럼 느껴졌다. 마치 은우처럼.

"사람의 마음을 들여다볼 수 있는 망원경이 있다면 얼마나 좋을까. 그러면 언니를 이해할 수 있었을까. 만약 사람의 마음을 볼 수 있는 망원경이 있다면, 그래서 그걸로 너희들 마음을 볼 수 있다면 나는 온전히 너희들을 이해할 수 있을까."

"어째서 사라지고 나서야 곁에 있던 존재의 소중함을 알게 되는 걸까."

유린은 자기 발치를 내려다보며 말했다. 아이들 사이로 깊은 침묵이 이어졌다.

"신기해. 내 귀에서 들리는 소리, 네 눈앞에서 보이는 빛."

세민의 나긋나긋한 목소리에 지우와 유린이 세민을 보았다.

"피아노 소리와 별의 반짝임처럼 닮은 느낌이야. 피아노는 내게 살아 있는 존재와도 같았어. 대화를 나눌 수 있는. 나한테서 그런 존재가 사라진 느낌이야."

"우리는 다 소중한 걸 잃어버린 사람들이네."

세민의 말에 유린이 씁쓸하게 덧붙였다. 다시 정적이 찾아왔다. 지우가 무엇인가 떠오른 듯 말문을 열었다.

"캠프 때 선생님이 했던 말 생각난다. 선율과 빛의 본질은 입자와 파동이라고 했던 것. 세민이 귀에서 들리는 소리, 유린이 좋아하는 라디오 소리와 고양이 소리, 내 앞에 아른거리는 빛. 그런 소리와 빛의 본질이 입자와 파동인 거잖아. 별을 이루고 있는 원소와 사람의 몸을 구성하고 있는 원소도 동일하다고 했었지. 그래서 사람도 하나의 별과 같은 존재라고. 그때는 그 말이 어렵고 이해할 수 없었는데. 아, 잠깐만."

지우는 일어나 창문의 암막 커튼을 치고는 불을 껐다. 망원경을 창밖이 아닌 세민과 유린 쪽으로 돌렸다. 유린과 세민은 웃으며 지우를 보았다.

"뭐 하는 거야?"

유린이 물었다.

"유린이 별과 세민이 별을 보는 거야. 너희들에게도 빛이 나나 싶어서."

유린이 자리에서 일어났다. 양팔을 벌려 춤을 추듯 빙그르르 몸을 움직였다.

"어때? 보여?"

"가만히 있어 봐."

지우가 장난스럽게 웃으며 말했다.

이번엔 유린이 증명사진을 찍듯이 허리를 펴고 앉아 지우를 보았다. 지우는 현미경을 들여다보듯 유린을 살폈다. 어둠 속에서 희미하게 드러나는 그림자 같은 실루엣. 실루엣은 작아지고 작아져서 어린아이의 모습이 되었다. 얼굴도 몸짓도 작은 아이. 혼자서 할아버지를 기다리는 외로운 소녀. 그 곁을 위성처럼 떠도는 치지직거리는 소리. 블록 조각을 하나하나 모아 쌓듯이, 그 소리들을 모아서 가슴속에 담아 두는 어린 유린. 그 파동이 빛이 되어 유린을 밝혀 주었을 날들. 지우는 이 방에서 별을 보며 은우를 떠올렸었다. 사라질지 모를 아빠도 생각했다. 쓸쓸하고 슬펐던 감정이 몸 어딘가에서 천천히 소용돌이치고 있는 듯했다. 눈시울이 젖어 들었다. 유린의 미소가 아팠다. 지우는 눈을 감았다 떴다. 눈물이 망막을 닦아 주어서일까, 유린의 주변에 진짜 맑은 빛이 맴돌고 있는 듯했다.

지우는 망원경을 세민 쪽으로 돌렸다. 허벅지 위에 가지런히 놓여 있는 손. 열 개의 길고 하얀 손가락. 세민은 자신의 손을 하염없이 내려다보고 있었다. 지우는 광장에서 피아노 앞에 앉아 있던 세민을 떠올렸다. 그날 세민이 만들어 낸 선율에 따라 쏟아져 내렸던 빛의 반짝임이 아직도 생생했다. 하지만 그것만으로는 부족했다. 지우는 세민을 알고 싶었다. 저 아이의 몸속 어딘가에 살고 있을 낯선 소리의 정체. 그것을 듣고 싶었다. 지우는 세민이 고개를 들어 주기를 바랐지만 세민은 얼어붙은 행성처럼 가만히 있었다. 고개를 들어 볼래? 말을 건네고 싶었지만 입이 열리지 않았다. 캠프에서의 그 밤처럼. 유린과 세민의 낮은 숨소리가 우주를 떠돌듯 이 방 안에서 맴돌고 맴돌았다. 고르게 이어지는 리듬. 지우는 지금은 이 소리만으로 충분하다고 생각했다. 세민의 나지막한 숨소리만으로도 좋다고 여겼다.

"나도 볼까?"

유린의 말에 지우가 옆으로 비켜섰다. 유린은 망원경으로 세민을 보았다.

"세민아, 피아노 칠 때 어떤 마음으로 시작해?"

세민은 고개를 들어 깊은숨을 내쉰 뒤 천장을 쳐다보았다.

"오선지 위에 흘러가듯 새겨져 있는 음표와 그 움직임을 상상해. 음들을 떠올리고 소리의 강약과 특성을 머릿속에 그려 나가."

"피아노 치면서 가장 좋은 점은?"

유린은 마치 카메라를 들고 인터뷰를 하는 VJ 같았다.

"피아노를 칠 때만큼은 뭐든지 할 수 있고 뭐든지 될 수 있을 것 같아. 열려 있는 세계랄까. 피아노 연주자는 흰색, 검은색 건반에서 수백 개, 수천 개의 색을 끄집어낼 수 있는 것 같아. 어떤 색도 될 수 있는 가능성."

"멋지다!"

지우와 유린이 동시에 말했다.

세민은 스스로 놀랐다. 감정이나 생각을 말로 표현하는 일에 늘 서툴렀기 때문이다. 마치 뇌가 손가락에 달려 있는 듯 그동안은 피아노 선율로만 감정을 표현했었다.

"너도 볼래?"

유린은 세민에게 물었다.

"아니, 난 괜찮아."

"지우야, 지우야?"

문밖에서 아빠 목소리가 들려왔다. 지우는 방의 불을 켜고는 문을 열었다.

"안녕하세요?"

유린과 세민이 일어나 아빠에게 인사를 했다. 아빠는 어리둥절한 눈으로 아이들을 보았다.

"엄마가 출장 간다고 해서 너 혼자 있는 줄 알고 잠깐 들렀어. 친구들 온다는 얘기는 못 들었는데."

"갑자기 오게 돼서 말 안 했어."

아빠는 아이들을 보며 기억을 더듬었다. 지우가 친구들을 집에 데려온 것은 중학교 2학년 때가 마지막이었다. 친구들과 어울리는 일도 거의 없었다. 게다가 친구 중에 남자아이가 있다는 것도 의외였다.

"뭐 맛있는 거 먹을래?"

"조금 전에 피자 먹었어요."

유린이 웃으며 말했다.

"학교 친구들이니?"

"아뇨. 캠프에서 만난 친구들인데 망원경으로 별을 보고 싶다고 해서요."

지우가 답했다.

"그래?"

아빠는 은우 방의 망원경을 슬쩍 보며 말했다. 유린과 세민은 어색한 웃음으로 대답을 대신했다. 아빠는 뭔가를 좀 더 물으려다가 마는 듯했다.

"그래, 재밌게 놀다 가라."

아빠가 방문을 닫아 주었다. 아이들은 다시 자리에 앉았다.

"긴장했나 봐. 목이 말라."

유린의 말에 지우가 물을 갖다 주겠다고 말한 뒤 거실로 나왔다. 부엌으로 가려다가 욕실에서 들려오는 물소리에 잠시 멈칫했다. 아빠가 씻는 모양이었다.

'혹시 아빠는 내가 신경 쓰여서 온 걸까. 그렇다면 뭔가 달라지려는 걸까.'

지우가 부엌에서 컵에 물을 따르는데 은우 방에서 유린과 세민의 웃음소리가 들려왔다. 마음속에 이상한 바람이 불어오는 것만 같았다.

　지우는 물을 들고 방으로 돌아갔다. 창문은 열려 있고 망원경은 하늘로 향해 있었다. 망원경을 보고 있는 세민, 지우는 그 뒷모습을 물끄러미 바라보았다.

　유린은 은우의 별자리 책을 읽고 있었다. 어둠뿐이었던 이 방에서 빛이 이는 것 같았다. 은우가 사라져 버린 빈자리에 무엇인가가 다시 돋아나고 있는 듯했다. 따뜻한 기운이 돌아올지 모른다는 설렘이 일었다. 지우는 열려 있는 창문을 바라보았다. 하늘의 별빛이 방으로 흘러내리는 것 같았다. 잔잔한 빛의 파동이.

19

*

진짜 별을 보기 위해서는

엄마는 식탁 위에 잡채 접시를 올려놓았다. 이제 불고기만 만들면 지우가 좋아하는 반찬이 대략 완성된다. 양념해 둔 불고기를 프라이팬에 올려놓고 볶으니 지글지글 소리가 요란하게 울렸다. 주방 후드 소리까지 더해지니 집 안에 소음이 가득했다. 그 사이로 지난번 학원 선생님과의 통화가 떠올랐다.

"지우가 요즘 수업 시간에 집중을 못 하는 듯해요. 언제나 착실했던 애가 숙제도 학원에 와서 급하게 하고. 좀 멍하니 앉아 있을 때가 종종 눈에 띄고요. 컨디션이 좋지 않아서 그런가 했는데 생각보다 이게 오래 가네요. 어머님께서 지우와 한번 얘기해 보면 어떨까요?"

빨갛던 고기가 짙은 갈색으로 변했다. 짭조름하고 달짝지근한 향기가 코끝에 닿자 가스레인지 불을 끄고 후드도 껐다. 갑자기 집 안이 고요해졌다. 엄마는 시간을 확인했다. 4시 십 분 전. 지우가 도착할 시간이 가까워졌다. 혹시 몰라, 수업 끝나면 바로 오라는 문자를 보내고는 앞치마를 풀었다.

잠깐 소파에 누워 쉬고 있는데 현관문 열리는 소리가 들려왔다. 엄마는 몸을 일으켜 현관 앞에 섰다. 신발을 벗는 지우와 눈이 마주쳤다.

"배고프지? 밥 먹자."

지우는 손을 씻고 나와 식탁 위에 차려져 있는 반찬을 둘러보았다. 엄마는 막 지은 밥을 그릇에 소복이 담았다. 지우와 엄마는 마주 앉았다.

지우는 엄마 시선을 느꼈지만 모르는 척 밥을 먹었다. 늘 바쁜 엄마가 이렇게 음식을 차려 놓고 기다린다는 것이 어떤 의미인지 알고 있었다. 다른 때보다 적극적으로 젓가락질을 했다.

"지우야."

나긋한 엄마 목소리가 식탁 위에 살포시 내려앉았다. 지우는 고개를 들어 엄마 얼굴을 살폈다. 할 말이 가득 담긴 눈빛이었다.

"요즘, 은우 방에 오래 있는 것 같은데."

"별 보러 들어가는 거야."

"그래, 별 보러……. 물론 그게 잘못됐다는 건 아닌데."

엄마는 베란다 쪽으로 고개를 돌리며 숨을 골랐다. 지우는 젓가락으로 큼직한 고기를 집어 입 안에 넣었다. 엄마의 눈빛이 부담스럽게 뜨거워 마음이 델 것만 같았다.

"배불러. 그만 먹을래."

지우는 일어나 방으로 들어와 버렸다. 두 다리를 끌어 모아 무릎에 얼굴을 파묻었다. 엄마가 은우 방에서 오래 머무는 이유에 대해 캐물을까 봐 두려웠다.

답답한 지우는 옷을 갈아입고 가방을 멨다. 거실로 나오자 소파에 앉아 있던 엄마가 어디 가느냐고 물었다. 지우는 엄마의 걱정스러운 시선을 외면한 채 독서실이라고 말을 던지듯 뱉고 밖으로 나와 버렸다.

떠오르는 사람은 유린뿐이었다. 유린에게 전화를 걸었다. 유린은 아르바이트 중이었다. 당장 일을 하지 않으면 안 되는 유린 앞에서 자기의 고민이 너무나 사치스럽게 느껴졌다. 하늘을 쳐다보았다. 저 높은 곳, 그곳에 살고 있는 유린. 지금 지우는 유린이 그리웠다. 지우는 잠깐 망설이다가 유린에게 만나고 싶다고 말했다. 유린은 열쇠를 숨겨 둔 장소를 알려 주며 집에 들어가 있으라고 했다. 추우니까 전기장판을 꼭 켜 두라고도.

방은 바깥 기온과 차이가 나지 않을 정도로 냉골이었다. 골목 아래 마트에서 산 고양이 사료를 문 앞에 두었다. 지우는 전기장판을 켜고는 이불을 무릎에 덮었다. 지우는 야옹야옹 소리를 내며 고양이를 불렀다. 고양이가 이불에서 나와 살금살금 다가왔다. 지우가 손을 내밀자 손가락에 얼굴을 비비며 체취를 묻혔다. 지우는 고양이의 엉덩이를 두드려 주었다. 고양이가 다리를 모으고 앉아 살랑살랑 꼬리를 흔들었다.

"기분 좋구나?"

고양이가 야옹, 말을 걸었다. 지우도 야옹, 하고 답해 주었다. 지우 눈에 라디오가 들어왔다. 지우는 무릎걸음으로 걸어 라디오 전원을 켰다. 어떻게 작동하는지 몰라, 휴대폰으로 아날로그 라디오 주파수 맞추는 방법을 검색했다. 동그란 튜너를 돌리자 치지직치지직, 치지직치지직, 소리가 들려왔다. 지우는 라디오 스피커에 귀를 가져다 댔다. 어딘가 닿지 못하는 소리, 서성거리고 불안한 소리. 계속 듣다 보니 그 소리가 꼭 자기 마음 같았다.

"지우야."

문이 열리고, 유린이 보였다. 유린은 들어오자마자 손을 전기장판 속에 집어넣었다.

"우리 집에 별이 내려앉은 것 같았어. 불이 켜져 있어서. 불빛을 보며 걸어 올라왔는데, 집에 불이 켜져 있고 나를 기다리고 있는 사람이 있는 게 이렇게 좋은지 몰랐어. 이 집에 와서 처음 느껴 봤어."

유린은 신이 났는지 쉴 새 없이 말을 쏟아 냈다. 그러고는 커피를 마시자며 전기 포트 전원을 눌렀다.

"커피 마시고 고양이들 밥 주러 가야 해."

지우는 검은 봉지를 유린 앞으로 내밀었다.

"선물."

유린은 봉지 안을 살펴보고는 좋아하며 지우 손을 꼭 잡았다. 사실, 지우는 마트에서 생각보다 오랜 시간을 보냈다. 라면과 햇반, 과자, 믹스커피, 고양이 사료. 처음에는 햇반을 골라서 계산대 앞까지 갔다가 다시 제자리에 갖다 놓았다. 좀 더 고민한 끝에 고양이 사료를 샀다. 좋아하는 유린을 보니, 지우는 사료를 고르길 잘했다 싶었다.

지우와 유린은 단단히 옷을 챙겨 입고 밖으로 나왔다. 유린이 고양이 사료를 놓는 곳은 고속도로 휴게소처럼 정해져 있었다. 거기에는 빈 햇반 그릇 두 개가 놓여 있었다. 한쪽에는 사료, 한쪽에는 물을 담았다. 유린은 물을 부으며 한숨을 내쉬었다. 너무 추워서 물이 꽁꽁 얼 것 같다고. 지우는 먼저 돌아서는 유린의 뒷모습을 멀뚱히 바라보다가 유린에게 달려가 팔짱을 끼며 물었다.

"고양이들까지 꼭 챙겨야 해?"

"나 같잖아. 고양이들이 나처럼 불쌍해."

지우는 대답 대신 그저 씁쓸히 웃었다.

"날마다 걷는 길인데도 나는 이 길이 언제나 새롭다."

유린이 말했다.

"왜?"

"오늘은 너랑 같이 걸으니까 골목 여기저기에서 나는 소리보다 네 숨소리에 더 집중하게 돼. 평소와는 다른 길을 걷는 것 같아. 매일 같은 길을 걷지만 매일 다른 일들이 생기거든. 어느 날 어떤 집에서 싸움 소리가 들렸다가 다음 날 웃음소리가 들리면 이상하게 안심이 되기도 해."

지우는 하늘을 쳐다보았다. 처음에는 가장 밝은 별이 보이지만 시간이 지나면 옅은 빛의 별들도 보이기 시작한다. 지우는 하늘을 한참 보고 나서야 알았다. 그러니까 진짜 빛을 보기 위해서는 오랜 시간을 기다려야 한다는 것을. 지우는 고개를 내렸다. 밤하늘처럼 골목이 어둡다. 컴컴하다. 이곳에서도 빛을 만날 수 있을까.

"지금 하늘을 걷는 것 같아. 너랑 나랑 고양이 소리를 별빛 삼아서 점을 이으며 별자리를 만들고 있는 것 같아."

유린이 웃으며 말했다.

"이 골목은 캄캄하기만 한데. 난 아무것도 안 보여."

유린이 멈춰 섰다. 지우도 덩달아 멈췄다.

"지우야, 무슨 일 있어?"

지우는 사실대로 말할 수 없었다. 유린 앞에서는 아무 말도 할 수가 없었다. 자신의 상처가 유린에게는 배부른 소리 아닌지. 유린이 떠날까 봐 겁이 났다. 그전에는 늘 자신이 세상의 중심에 있다고 생각했다. 친구들도 대부분 그런 아이들이었다. 하지만 이곳도 유린도 변방이다. 중심에서 멀리 떨어져 있는. 사람들이 관심을 두지 않는. 그 아이가 떠날까 봐 지우는 두려웠다.

"아니야. 아무것도."

지우가 유린의 옷을 잡아끌었다. 그때였다. 아이들 앞에 검은 실루엣이 나타난 것은.

20

*

가야 할 곳

세민은 망원경 가게에 있었다. 가게 안으로 들어오자마자 지우네 집에서 보았던 망원경과 같은 것을 찾기 시작했다. 가게 안을 두 바퀴 돌고 나서야 발견했다.

"도시에서 별 보기에 좋은 망원경이에요. 8인치 정도 되는 거울을 쓰는 반사 망원경입니다. 아니면 이건 어떠세요? 렌즈를 쓰는 굴절 망원경인데 구입 후에 유지 보수 하는 데 손이 덜 가서 좋아요."

직원이 세민 곁으로 다가와 일일이 설명을 해 주었다. 혼자 구경하고 싶은 세민의 마음도 모른 채 남자는 계속 따라붙었다. 세민은 찬찬히 둘러보겠다고 말한 뒤, 망원경 사이를 오가며 생각에 잠겼다.

그날, 은우의 방에서 지우와 유린이 별자리 책을 보고 있을 때 세민은 망원경으로 아이들을 보았다. 우리는 모두 별이라는 말이 떠올랐다. 무심히 흘려보냈던 말이, 세상을 떠돌다가 다시 자신을 찾아온 듯했다. 지우와 유린, 두 개의 별을 보며 생각했다. 피아노가 없는 지금, 이 아이들마저 없었다면 나는 무엇을 하고 있을까. 무엇을 해야만 했을까. 지우와 유린이 피아노를 잘 알지 못하는 건 문제가 되지 않았다. 오히려 더 편했다. 조금 떨어져 있는 별을 보는 듯.

세민은 등 뒤에 서 있던 직원에게 다음에 오겠다고 말하고는 밖으로 나왔다. 이어폰을 휴대폰에 꽂고 피아노곡을 들으며 걸었다. 고개를 들자, 익숙한 곳에 이르렀다.

분식집이 보이는 길. 형광등 아래서 종종거리며 음식을 만들고 배달을 하는 부모님. 쉬는 날은 설날과 추석 당일뿐이다. 여름휴가 기간에도 엄마 아빠는 거의 쉬지 않았다. 부모님은 세민의 피아노 연주를 듣는 것이 휴가라고 했다. 생각해 보니 언제부턴가 그런 모습에 세민은 답답함을 느꼈다. 부모님을 저 안에 가둔 것이 자신인 것만 같았다. 부모님은 세민이 유명한 피아니스트가 될 수만 있다면 어떠한 고통과 희생도 감당할 수 있다고 했지만, 그런 말을 들을수록 자신은 죄책감에 무기력해졌다. 부모님의 시간과 영혼을 빼앗는 도둑이 된 기분이었다. 세민은 고개를 흔들었다.

그때 가게 문이 열리고 아빠가 배달할 음식을 들고 밖으로 나왔다. 세민과 아빠의 눈이 마주쳤다. 화들짝 놀란 세민은 몸을 돌려 아빠 반대편으로 뛰었다.

어디로 가야 할지 알 수 없었지만 무조건 달렸다. 휴대폰 벨 소리가 울리는 걸 무시하고는 무작정 앞에 보이는 지하철역 입구로 뛰어 내려갔다. 승강장으로 내려와 의자에 앉았다. 어둠뿐인 터널로 고개를 돌렸다. 전동차가 들어온다는 안내 방송이 흘러나왔다. 어두운 터널에서 굉음과 함께 강렬한 빛이 세민에게 덤벼들었다.

꽤 오랜 시간이 흐른 뒤 세민은 지하철에서 내렸다. 유린의 동네였다. 골목을 더듬어 가며 걸었다. 얼마를 걷자 마트가 보였다. 세민은 마트를 끼고 골목으로 들어섰다. 좁고 구불구불한 길이 이어졌다.

휴대폰 벨 소리가 울렸다. 가게 앞에서 눈이 마주쳤던 아빠 얼굴이 스쳤다. 세민은 소리를 무시하고 싶었지만 벨은 계속해서 울렸고, 할 수 없이 휴대폰을 꺼내 확인했다. 아빠가 아니라 지우였다. 서둘러 전화를 받았다.

"세민아, 도, 도와줘."

"무슨 일이야? 거기 어딘데?"

"유린이네 집 근처인데 지금 여기……."

지우의 목소리가 겁에 질린 듯 떨렸다. 그 사이로 "너희들, 뭐야? 뭐냐고?" 하고 거친 고함 소리가 들려왔다.

"알았어. 갈게!"

세민은 뛰기 시작했다.

21

*

불길한 예감

"우리 따라오지 마세요!"

지우가 남자를 향해 말했다. 지우는 유린의 손을 잡고 유린의 집 쪽으로 몸을 돌렸다. 발걸음이 빨라졌다. 뒤에서 남자의 발소리가 들려왔다. 유린은 슬쩍 고개를 돌렸다. 분명히 남자의 오른손에 무엇인가가 들려 있었다. 남자는 기분 나쁜 웃음을 흘리며 비척비척 아이들을 쫓아왔다.

아이들이 발걸음을 빨리하자 남자의 속도도 빨라졌다.

"너희 때문에 동네가 엉망이 됐어. 온갖 고양이들이 여기로 몰려들고 있다고."

뒤에서 남자의 거친 목소리가 들려왔다. 지우와 유린은 아랑곳

하지 않고 발길을 재촉했다. 등에서 진땀이 났다. 남자는 결국 아이들을 지나쳐 앞을 가로막고 섰다. 지우와 유린은 서로 팔짱을 끼고 붙어 섰다. 고개는 들지도 못한 채 남자의 얼굴만 힐끔 쳐다보았다. 인상이 험악해 보였다.

"고양이들처럼 도망을 가시겠다? 응?"

남자가 손을 치켜든 순간, 지우와 유린은 소리를 지르며 몸을 움츠렸다.

"고양이도 소중한 생명이에요. 함부로 말하지 마세요."

유린이 남자를 보며 말했다.

"그렇게 소중하면 네 집에 데려가 키우든가!"

남자가 소리를 질렀다. 입에서 술 냄새가 풍겼다.

"죄, 죄송합니다."

지우가 유린의 팔을 잡아끌었다.

"지우야, 유린아."

그때 남자의 뒤쪽에서 세민의 목소리가 들려왔다. 남자도 아이들도 세민을 바라보았다.

"넌 또 뭐냐?"

남자가 실실 웃으며 말했다. 세민은 막상 남자와 마주 서니 겁이 났다. 여기서 벗어나는 것이 최선이라는 생각밖에 떠오르지 않았다.

"어른이면 좀 어른답게 행동하세요."

세민은 남자를 무시하고 아이들 곁으로 다가서서 얼른 가자고 말했다.

"요즘 것들 싸가지가 왜 이 모양이야!"

남자가 허공에 대고 소리를 질렀다. 그사이 아이들이 걸음을 떼자, 남자는 어딜 가냐고 소리를 지르며 세민의 어깨를 잡았다. 세민은 오른손을 들어 남자의 손을 쳐 냈다. 화가 난 남자가 들고 있던 것으로 세민의 손을 확 내리쳤다.

"아!"

세민이 다른 손으로 오른손을 감쌌다. 지우는 더 안 좋은 상황으로 치달을까 봐 겁이 났다. 떨리는 손가락에 힘을 주고 112로 전화를 걸었다. 남자가 그 모습을 보고 지우 쪽으로 다가오자 유린이 남자의 옷자락을 잡고 늘어지며 소리를 질렀다.

"도와주세요! 도와주세요!"

멀리서 무슨 일이냐는 목소리가 들렸다. 남자는 유린에게 이거 놓으라고 말하며 몸을 앞으로 당겼고, 긴장이 풀린 유린은 손에서 힘이 빠지고 말았다. 남자는 그대로 달아나 버렸다.

아이들은 그 자리에 주저앉았다. 온몸에 금이 간 것만 같았다. 눈물이 터져 나왔다.

22

*

별이 흔들리는 이유

지우는 응급실 침대에서 지쳐 잠든 유린에게 이불을 덮어 주었다. 고개를 돌려 세민을 바라보았다. 붕대에 감싸여 있는 세민의 손목을 내려다보았다. 걱정이 몰려들었지만 어떤 말을 해야 할지 몰랐다. 무표정한 세민의 얼굴만 봐서는 무슨 생각을 하고 있는지 짐작할 수 없었다.

지우는 혹시나 세민이 이 골목을 알게 된 것을, 유린과 지우를 만난 것을 후회하고 있을까 봐 겁이 났다. 그만큼 미안했다. 세민의 손은 그냥 손이 아니었다. 피아노를 치는 손이니까.

"부모님 아직 안 오셨니?"

경찰이 다가와 남자를 찾았다고 말했다. 술에 취한 그는 멀리 가지 못하고 근처에 쓰러져 있었다고. 경찰이 누군가와 통화를 하기 위해 밖으로 나간 사이, 걱정이 가득한 얼굴로 어른 두 사람이 다급하게 뛰어 들어왔다. 세민이 그들을 보고는 자리에서 일어났다.

"세민아!"

지우는 세민의 부모님이라는 것을 알고 일어나 꾸벅 인사를 했다. 하지만 세민의 부모님은 붕대에 감겨 있는 세민의 손을 신경 쓰느라 지우가 눈에 들어오지 않는 것 같았다.

"이, 이게 무슨 일이니?"

세민의 엄마 얼굴에서 울음이 터져 나올 듯했다. 의사가 다가왔다. 의사는 세민의 부모님을 응급실 한쪽으로 데려가 엑스레이 사진을 보여 주며 입을 열었다.

"손은 크게 다치지 않았어요. 타박상 정도니까 일주일 정도 물리 치료하면 좋아질 겁니다."

"정말이죠? 우리 아이가 피아노를 쳐서요. 정말 괜찮은 거죠?"

부모님이 아이들 쪽으로 다가왔다.

"세민아, 이게 다 무슨 일이야."

세민의 엄마가 울먹이며 말했다.

"여보, 괜찮아. 의사도 괜찮다고 하잖아. 애도 놀랐을 텐데."

아빠는 엄마 등을 손으로 다독이며 세민을 보았다.

"걱정 끼쳐서 죄송해요. 먼저 집으로 돌아가세요. 자세한 건 집에 가서 얘기할게요."

"같이 가야지."

"친구 깨는 거 보고 갈게요."

엄마 아빠는 잠든 유린과 어색하게 서 있는 지우를 보았다.

"죄송합니다."

지우가 고개를 숙이며 말했다.

"그래, 깨어나면 바로 와라."

아빠는 엄마의 팔을 붙잡고 문 쪽으로 걸어 나가며 세민을 돌아봤다. 가게 앞에서 마주치자 달아나듯 뛰어갔던 세민. 아빠는 그에 관해 아무것도 묻지 않았다. 의도치 않게 그 순간은 둘만의 비밀이 되어 버렸다.

"손 다친 거 정말 미안해. 너무 무서웠어. 어떻게 할 수가 없었어."

지우 눈에서 참았던 눈물이 흘러내렸다. 지우는 소맷자락으로 눈물을 닦았다.

"알아. 네 목소리가 너무 겁에 질려 있었어. 이만하길 다행이야."

지우는 마음을 가다듬고는 세민에게 네가 그렇게 금방 와 줘서 놀랐다고 말했다.

"별이 보고 싶어서 유린이네 골목으로 가던 길이었어. 신기하게도 그때 전화가 온 거야. 그러니까 너희들 때문에 내가 거기 간 게 아니라, 내가 가고 싶어서 간 거였어."

지우는 콧물을 들이마신 뒤 세민을 보며 말을 이었다.

"아저씨가 네 손목을 내리친 순간 진짜 손을 다친 건 아닐까, 네가 피아노를 못 치게 되면 어떡하나 무서웠어. 병원에 올 때도, 네가 엑스레이를 찍으러 들어갈 때도 내내 그 생각뿐이었어."

"나도 그랬어. 막상 손을 다치고 나니까 좀 무섭더라. 그러면서도 나 때문에 너희들이 걱정하면 어쩌나, 그것도 신경 쓰이고."

세민과 지우는 서로를 바라보았다. 둘 다 표정은 어두웠지만, 불현듯 누가 먼저랄 것도 없이 웃음이 터져 나왔다.

웃음소리가 잦아들고 조용해지자 세민이 지우를 바라보았다.

"언니 때문에 많이 힘들었어?"

지우는 허공을 바라보며 세민의 질문을 곱씹었다. 대답이 쉽게 정리되지 않았다. 지우는 정말 자신이 힘들었는지 생각해 본 적이 없었다. 순식간에 장례를 치르고 다시 일상으로 돌아왔다. 하지만 일상에 틈이 생겼다. 지우의 일상에서 언니가 차지하는 부분은 아주 미미하다고 여겨 왔는데.

"모든 게 순식간에 사라질 수도 있다는 걸, 처음으로 느꼈던 것 같아. 좀 무서웠어. 그때는 몰랐는데 언니 방에서 언니에게 듣는 별 이야기가 내게 휴식 같은 거였다는 걸 나중에서야 알았어. 말 그대로 휴식이었어. 그 뒤로 나는 늘 어둠 속에 있는 것 같아. 그러다, 그 어둠 속에서 너를 봤어. 아직도 잘 모르겠어. 어째서 이런 혼란스러운 순간에 너에게 감정이 생긴 건지. 아마 네가 내가 바라봐야 할 별이었기 때문일까?"

세민이 입을 열었다.

"유린이네 집 골목에서 너랑 걸을 때 네가 그랬잖아. 별이 흔들리는 것처럼 보이는 이유는 대기가 불안정하기 때문이라고. 그때 네가 떨리는 별 같더라."

지우는 세민을 바라보았다.

"그런데 이상하지? 저런 떨림이, 흔들리는 순간이 아름다울 수도 있구나 생각했어."

지우와 세민은 서로 얼굴을 마주 바라보았다. 무엇인가를 찾고 싶어 하는 세민의 눈빛. 볼 수 없는 것을 보고 싶어 하고, 가질 수 없는 것을 갖고 싶어 하는 간절함이 담긴. 지우는 그런 세민의 눈빛이 낯설지 않았다.

"너희를 알고 나서는 자꾸 하늘을 보게 되고 별을 찾게 돼. 그런데 어느 순간, 별을 본다는 게 어려운 일이 되어 버렸어."

"무슨 뜻이야?"

"결국, 내 고민으로 돌아오게 되거든. 언제 해결될지 모를 고민."

"피아노? 귀에서 소리가 들리는 거?"

세민은 고개를 끄덕였다.

둘 사이에 말이 사라졌다. 지우는 은우를 생각했다.

"예전에 언니가 별자리 이야기를 들려주며 했던 말이 생각나. 그날도 언니는 어둠 속에 앉아 있었어. 언니는 내가 한 번도 생각해 보지 않은 걸 상상하고 있었어. 지상에 빛이 없던 시절, 밤이 되면 하늘에 별만이 가득했던 시절. 맹수가 지천에 도사리고 있고 비와 바람과 눈이 두려움의 대상이었던 시절. 언제 어떻게 공격을 받을지 모르는 밤이 되면 지독한 추위 속에서 사람들에게 하늘의 별이 꿈의 지도가 되었을 거래. 무수히 많은 별들을 이어 가며, 별자리를 만들고 이야기를 지으며, 간절하게 희망을 꿈꾸었을 거래."

"희망의 간절함……."

세민은 창밖으로 고개를 돌렸다. 밤이지만 도시는 밝다.

"저건 인공위성일까, 진짜 별일까?"

세민이 손으로 하늘을 가리키며 물었다.

"글쎄. 흔들림이 없는 걸 보니 인공위성이 아닐까."

세민은 천천히 손가락을 오므렸다 폈다. 손가락을 자유롭게 움직여 보았다. 지우도 세민의 손을 보았다. 열 개의 손가락이 여든여덟 개의 건반 위에서 걷고 있는 듯했다. 별을 찾아 떠나는 듯.

"피아노 치고 싶다."

세민은 간절하게 읊조렸다.

"광장에서 네 피아노 연주 들었을 때 별빛이 쏟아져 내리는 것 같았어. 음이 살아났다가 사라지는 순간, 빛이 반짝이는 것 같았어."

"정말? 다시 칠 수 있을까? 겁이 나, 귀에서 소리가 들려올까 봐. 그 속에 갇혀 버릴까 봐."

"이유가 뭘까. 소리가 나는 이유."

"얘들아."

지우와 세민이 침대를 바라보았다. 유린이 잠에서 깨어나 앉아 있었다.

"괜찮아? 세민이 엑스레이 찍고 오니까 네가 잠들어 있었어."

"그랬어?"

유린이 멋쩍어하며 말했다. 유린은 침대에서 내려와 신발을 신었다. 지우의 휴대폰이 울리기 시작했다. 휴대폰을 살펴본 지우는 아이들에게 엄마 아빠가 왔다며 따로 가겠다고 말했다.

지우는 병원 로비에 있는 카페 안으로 들어갔다. 엄마 아빠는 탁자를 사이에 두고 대각선 방향에 엇갈려 앉아 있었다. 둘은 고개를 숙인 채 휴대폰을 들여다보고 있었다. 물리적으로는 가깝지만 마음은 멀어져 있는 것 같았다. 지우는 탁자 옆으로 다가서서 소리를 냈다. 엄마 아빠가 동시에 고개를 들었다.

지우는 스틱으로 라떼 거품을 휘휘 저어 하트 모양을 일그러뜨렸다. 엄마 아빠 눈빛이 곱지 않다는 것을, 굳이 보지 않아도 알 수 있었다.

"배는 안 고파?"

엄마의 말에 지우는 고개를 가로저었다.

"독서실에 간다는 애가 병원에 있니? 카페 오기 전에 경찰관한 테서 설명 들었어."

"거짓말은 했지만 나쁜 짓은 안 했어."

"그 애들……."

"나쁜 애들 아냐. 세민이는 피아노 치는 애고, 유린이는 혼자서도 열심히 사는 애야."

지우는 당당하게 말했다.

"알아. 지난번에 보니 좋은 애들 같더라."

아빠의 말에 엄마가 아빠 얼굴을 힐끔 보았다.

"낯설다. 네가 너무 낯설어."

엄마는 알 수 없다는 듯, 포기한 듯 목소리에 힘이 없었다.

"부모 입장에서는 걱정이 앞서지. 그 남자가 잘못한 거긴 하지만 늦은 시간에 엄마랑 나는 심장을 졸였다."

"미안해."

지우는 커피 잔을 매만지며 말했다.

"우리 지우는 지금 어디에 있는 거니?"

지우는 엄마를 바라보았다. 엄마와 지우는 늘 가까이 있었다. 손을 내밀면 닿을 수 있는 위치에. 지우는 알고 있다. 엄마가 어떻게 살아왔는지. 목표가 있으면 그 목표를 향해 간다. 다른 곳은 보지 않고 다른 길에는 발도 놓지 않는다. 지우도 그랬다. 그래야 한다고 생각했다.

"은우 방에는 그만 들어갔으면 좋겠어."

"왜?"

"불안해. 은우는 늘 나를 불안하게 했어. 그 애의 미래가 어떻게 될지 불안했어. 그러더니 사라져 버렸잖아. 엄마는 네가 은우 방에 있을 때마다 너도 은우처럼 사라져 버릴까 봐 무서워. 은우는 자신이 가고 싶은 곳으로 어디든지 가려고 했고 엄마는 그걸 막을 수 없다는 것을 알았어. 하지만 넌 달랐어. 앞이 보이는 길을 가는 것 같아서 안심이 됐어. 그런데 네가 자꾸만 벗어나니까 엄마는 혼란스럽고 겁이 나."

아빠는 엄마를 물끄러미 바라보더니 엄마 곁으로 자리를 옮겨 앉았다. 아빠 손이 엄마 어깨를 감싸 안았다. 엄마 어깨가 흔들렸다.

"나는 사라지려는 게 아니야. 잠시 혼자 생각할 시간이 필요할 뿐이야. 난 사라지지 않을 거야."

엄마는 얼굴을 가리고 있던 손을 내렸다. 아빠는 카페의 냅킨으로 엄마 눈물을 닦아 주었다. 엄마는 어린아이처럼 두 눈을 꼭 감았다.

"엄마 아빠는 어떻게 되는 거야?"

"무슨 뜻이니?"

아빠가 물었다.

"헤어질 건지, 아니면……."

엄마 아빠는 동시에 지우 얼굴을 뚫어져라 보았다.

"기다리고 있는 중이야. 아직 우리 마음이 어떤 건지 잘 몰라서."

"엄마 아빠가 어떤 선택을 하든 우리가 너의 부모라는 건 달라지지 않을 거야, 지우야."

엄마 말에 아빠가 이어 말했다.

지우는 고개를 끄덕이고는 입을 열었다.

"사실은…… 나도 무서워. 언니가 사라지고 엄마 아빠도 내게서 멀어지다가 결국 사라질까 봐. 하지만 강요하고 싶지 않아. 나도 강요받고 싶지 않고."

지우는 식은 커피를 마셨다. 엄마 아빠는 아무 말도 하지 않았다. 누구도 먼저 입을 열지 않았다.

23

*

침묵도 언어가 될 수 있음을

집으로 돌아온 세민은 피아노 방으로 들어갔다. 피아노 앞에 서서, 피아노를 내려다보았다. 닫혀 있던 피아노 뚜껑을 열었다. 피아노에 손을 얹고 그림을 그리듯, 피아노의 몸체를 어루만졌다. 이상한 긴장감이 등줄기를 타고 올라 머리끝에서 수증기처럼 증발해 버리는 것 같았다.

뚜껑을 닫았다. 툭, 둔탁한 소리와 함께 세상도 닫힌 듯했다. 두 손을 맞잡았다. 손바닥에 땀이 배어났다. 바지에 손을 닦았다.

다시 뚜껑을 열었다. 두 번째 손가락으로 건반을 눌렀다. '솔' 음이 번지자 눈앞에 밝은 빛이 쏟아지는 것만 같았다. 눈앞이 새하얘졌다. 눈을 감았다 뜨자 건반이 또렷이 보였다.

의자에 앉아 양손을 건반에 올려놓았다. 눈을 감았다. 어둠 속이다. 어둠의 길을 따라 손가락을 움직인다. 음의 모양대로 길이 열린다. 페달을 밟는다. 페달은 손가락의 움직임에 힘을 실어 준다. 드뷔시의 「달빛」을 치기 시작한다. 어둠 속에서 달을 향해 날아드는 듯한 부드러운 선율이 은은하게 떠올랐다가 가라앉기를 반복한다.

다친 손이 불안하고 귓가에는 새된 소리가 간간이 들렸다가 사라진다. 그것은 고비다. 힘겹지만 넘어가야 한다. 겨우겨우, 어렵게 길을 찾아 나선다. 어두운 밤길은, 선율이 이어질수록 서서히 밝아진다. 고요하게 마음을 적시는 따사로운 빛.

세민은 지우와 응급실에서 나누었던 이야기에 대해 생각했다. 고대인들이 어둠 속에서 희망을 찾기 위해 별자리를 이었다는 이야기. 이 곡을 수없이 많이 연주한 순간들 하나하나가 별이고, 그 별을 선으로 잇다 보면, 그 또한 나의 희망을 담은 나만의 별자리가 될 수 있을까.

분명한 것은 세민은 피아노 선율이 만들어 내는 빛나는 순간을 여전히 사랑하고 있다는 것이다.

긴 연주가 이어졌다. 달이 기울면서 연주는 끝이 났다. 세민은 침묵 속에서 움직일 수 없었다.

문밖에서 부스럭거리는 소리가 들려왔다. 세민은 일어나 방문을 슬쩍 열었다. 아빠와 엄마가 소파에 거리를 두고 앉아 있었다.

세민은 부모님이 언제부터 저곳에 있었는지 궁금했다. 자신의 피아노 연주 소리를 들었을까.

세민은 잠자코 있었다. 문을 닫지도 열지도 못하고 애매하게 서있었다. 엄마가 일어나 세민의 방 쪽으로 오려고 하자 아빠가 엄마의 손목을 잡았다. 세민은 찬찬히 아빠가 엄마에게 눈으로 전하는 말을 더듬어 읽어 나갔다.

'그만. 세민을 건드리지 말자. 조용히 기다려 주자. 아이가 우리에게 먼저 손을 내밀 때까지.'

엄마는 다시 소파에 앉는 것으로 응답을 대신했다. 아빠가 엄마의 손을 부드럽게 쥐었다.

세민은 문을 닫으며 몸이 열려 있는 피아노를 바라보았다. 반짝였다 사라진 달빛의 선율이 엄마 아빠의 가슴속에도 고여 있음을 알 수 있었다. 세민은 피아노 의자에 앉아 다시 한번 피아노를 쳤다. 연주를 마치고 나서도 밖은 고요했다. 침묵도 언어가 될 수 있다는 것을 세민은 처음으로 느꼈다.

세민은 일어나 거실로 나왔다. 부엌 쪽에서 나온 빛이 거실 바닥에 길게 내려앉았다. 세민은 그 빛을 보며 부엌으로 향했다.

식탁에는 반만 남은 소주와 김치, 소주잔 두 개가 놓여 있었다. 그 앞에 앉아 있는 엄마 아빠와 차례로 눈이 마주쳤다.

"그만 쉬어야겠다."

아빠의 목소리가 낮게 가라앉았다. 의자 소리가 요란하게 울린 순간, 세민은 지금을 놓치면 안 될 것 같다고 생각했다.

"엄마, 아빠."

엄마 아빠는 일어서지도 앉지도 못한 자세로 엉거주춤 서서 세민을 올려다보았다.

"한 잔 드려도 돼요?"

"그럼, 좋지."

아빠는 뒤로 물러나 있는 의자를 당겨 앉아 빈 소주잔을 들었다. 엄마도 말없이 자리에 앉았다. 세민은 양손으로 병을 잡았다. 엄마 아빠는, 날카롭거나 위험한 물건에 세민의 손이 닿는 걸 허락하지 않았다. 유리병도 마찬가지였다. 언제나 세민의 손을 귀하게 여겨왔다. 둘은 소주병을 들고 있는 세민의 손에서 눈을 떼지 않았다. 투명한 액체는 맑은 소리를 내며 잔에 가득 차올랐고, 엄마 아빠는 그 소리마저 세민의 연주인 듯 감상 어린 눈으로 찰랑이는 잔을 바라보았다. 혀끝으로 음미하며 입술을 술잔에 갖다 댔다. 세민은 오랜만에 부모님의 얼굴을 자세히 보았다. 드문드문 흰머리가 보이고 이마와 눈가, 입가에 깊은 주름이 잡혀 있었다. 움푹 팬 주름에 쓸쓸한 여운이 머물렀다. 귓속에서 소리가 들려왔다. 익숙한 듯, 낯선 리듬을 타고. 세민은 피하고 싶지 않았다. 엄마 아빠의 눈길도, 귓가에서 울려오는 소리도. 사랑하는 피아노와 함께하기 위해서.

24

*

우주를 나는 피아노

유린은 전기장판을 켜 놓고 이불 속에서 꼼짝도 하지 않았다. 고양이는 유린의 팔을 베고 누워 유린의 손등을 핥아 주었다. 병원에서 잠깐 졸아서인지 잠이 오지 않았다. 유린은 일어나 책상 앞에 앉았다. 한쪽 팔에 턱을 받치고 라디오 전원을 켰다. 주파수를 맞추기 위해 튜너를 돌렸다. 치지직치지직 소리가 들려왔다. 유린은 그 소리에 귀를 기울였다. 미세한 차이로 달라지는 소리. 지우와 세민은 지금 무엇을 하고 있을지 궁금했다.

지우와 세민을 알게 된 뒤에는 라디오 소리에 별로 귀를 기울이지 않았다. 예전에는 매일매일 소리를 들으며 할아버지를 떠올리고 허물어져 가는 전파상을 생각하고 그곳에서 들었던 노래를 흥

얼거리곤 했는데. 지금은 지우 목소리와 세민의 피아노 연주가 듣고 싶었다.

유린은 병원에서 들었던 지우와 세민의 대화가 생각났다. 사실, 일찍 잠에서 깼지만 일부러 자는 척하고 누워 있었다. 둘의 이야기를 듣는 게 좋았다. 눈을 감고 있으면 소리가 잘 들렸다. 음성과 음성 사이 옅은 숨소리까지 들을 수 있었다. 진심은 그 틈에 있다는 것을 유린은 일찌감치 알고 있었다. 둘의 이야기는 더운 공기를 식혀 주는 바람 소리 같기도 하고, 어딘지 모르게 쓸쓸한 파도 소리 같기도 했다. 어느 날 어두운 골목에서 들었던 길 잃은 고양이의 소리와도 같았다.

유린은 고양이를 바라보았다.

"소리. 네 이름은 이제 소리야."

유린은 "소리야." 하고 고양이를 불렀다. 소리가 다가와서 가르릉가르릉 울었다. 유린은 기분이 좋았다. 빨간 점퍼를 입고 모자를 썼다. 소리를 안고 밖으로 나왔다. 골목을 내려다보았다. 몇 시간 전의 일은 잊은 것처럼 골목이 고요했다.

밤하늘을 쳐다보았다. 별이 눈에 들어온다. 유린은 그 빛들을 손으로 이어 간다. 맨 처음 반짝인 순간은, 초등학교 1학년 때 짝꿍과 친해졌던 것. 그곳에 점을 찍고 다른 별로 이어 본다. 다음으로 반짝인 순간은 엄마가 찾아와서 함께 주먹밥을 만들고 어묵탕을 끓여 먹었던 것. 그다음 반짝인 순간은 할아버지와 함께 라디오를 고

치며 음악을 들었던 것. 고양이들을 찾아 돌보며, 누군가에게 입양을 보냈던 순간도 반짝였지,라고 유린은 생각했다. 하지만 무엇보다 가장 반짝인 순간은, 지우와 세민을 만났던 때가 아니었을까. 이 아이들을 만나기 위해 그동안 라디오 주파수를 맞췄을까. 유린은 손을 멈추었다. 별과 별을 이어 나갈수록 마음 가득 물이 차오르는 듯했다.

'앞으로도 반짝이는 순간들을 맞이할 수 있을까. 내게도 그런 날들이 계속될 수 있을까.'

갑자기 가슴이 시렸다. 아무리 하늘을 들여다보아도 별을 이어 갈 수 없었다. 품에 안겨 있던 소리가 야옹야옹 말을 걸었다. '야옹야옹'이 '반짝반짝'으로 들렸다. 유린은 조용히 웃었다.

"춥지. 들어가자."

유린은 방으로 들어와 휴대폰을 찾아 들었다. 카톡에 단체 채팅방을 열었다. 방 이름은 '우주를 나는 피아노'였다. 그곳에 지우와 세민을 초대했다.

> 얘들아, 뭐 해?

말풍선 옆에 붙어 있던 숫자 2가 사라졌다.

난 언니 방.

난 피아노 방.

난 옥탑방.

언니 방에 누워 있어.

피아노 치다가 손목이 아파서
잠시 쉬고 있어.

피아노를 쳤다고?

귀는?

소리가 났지만 자연스럽게 받아들여 보려고.

오~

용기 있네. 네가 그렇다면 다행. 지우는 괜찮아?

너희들 돌아가고 엄마 아빠랑 잘 얘기했어.
유린아, 너는?

고양이랑 별을 봤어. 십칠 년 내 인생에서
반짝이던 순간을 떠올리면서.

멋진데?

너희들 만난 게 가장 반짝이는 순간이
아닌가 싶었어. 그 순간이 나의 1등성.

오글오글

오글오글

우리 내일 만날까?

좋아.

피아노 광장 어때? 오후 5시.
우리 만났던 편의점 앞에서.

오키

오키

25

*

여든아홉 번째 별자리

지우는 피아노 앞에 앉아 있는 할머니를 내려다보았다. 피아노 솜씨가 서툴렀다. 오랜만에 치느라 기억을 더듬는 것인지, 이제 막 피아노를 배운 것인지는 알 수 없었다. 하지만 얼굴에 드러난 잔잔한 미소를 보면 피아노가 할머니에게 얼마나 행복감을 주는지 알 수 있었다.

"지우야!"

지우는 소리 나는 쪽으로 몸을 돌렸다. 유린과 세민이 이쪽으로 다가오고 있었다. 지우는 아이들을 향해 손을 흔들었다.

"오래 기다렸어?"

"아니, 나도 조금 전에 왔어."

유린의 질문에 대답하며 지우는 세민을 바라보았다. 세민이 살짝 미소를 지었다. 세민이 웃자 지우 마음속에서 빛이 반짝했다.

아이들은 나란히 서서 1층을 내려다보았다. 사람들이 가득했다. 친구들과 함께 온 아이들, 엄마 아빠 손을 잡고 온 어린아이들, 연인들…….

"아래에 있는 사람들 머리 또 이어 보자. 땅따먹기 놀이."

유린의 말에 지우와 세민은 좋다고 말했다. 가위바위보를 하고 순서를 정했다. 세민, 유린, 지우 순서였다. 벤치에 앉아 휴대폰을 보고 있는 남자를 시작으로 선을 잇기 시작했다. 하지만 움직이는 사람들 때문에 이내 땅은 흔들리고 선은 흐트러졌다. 아이들은 웃으며 놀이를 그만두었다. 놀이를 멈추자 피아노 소리가 들려오기 시작했다.

할머니는 사라졌고 이십 대로 보이는 여자가 앉아 있었다. 여자의 피아노 솜씨는 제법 괜찮았다. 아이들은 피아노 선율에 귀를 기울였다.

"우리 엄마 아빠 헤어질지 몰라."

지우가 공을 차듯 짐짓 가볍게 말을 던졌다. 세민과 유린은 동시에 지우를 보았다.

"그런 눈으로 보지 마. 괜찮으니까. 어쩌면 안 헤어질 수도 있고. 아직 결정된 거 아니야. 이제 알아. 예상 밖의 일들은 얼마든지 생길 수 있다는 거. 좋은 쪽이든 나쁜 쪽이든. 마음이 좀 무겁긴 하지만 그래도 너희들을 만났잖아. 반짝반짝 빛나는 내 친구들!"

"지우 너, 어른 같다."

"진짜? 그냥 그런 척하는 거야. 멋져 보이려고."

지우는 유린의 어깨에 손을 얹으며 말했다.

"난 겁나. 앞으로 지치지 않을 수 있을까. 자신이 없어. 어제 하늘의 별을 보면서 좋았던 때를 떠올려 봤거든. 근데 결국 막막한 내 현실만 알게 됐어. 너희들의 일상이 내게는 다 꿈 같아. 솔직히 너희들이 부러워."

"유린아, 우리가 있잖아. 우리가 옆에서 지켜봐 줄게. 지치지 않게. 그렇지, 세민아?"

"응."

아이들은 서로를 마주 보았다. 눈이 마주치면 저절로 웃음이 나왔다.

"피아노 쳐 줄까?"

웃음 사이로 세민의 목소리가 흘러들었다.

"아직 귀에서 소리는 나지만 앞으로 좋아질지도 몰라. 최소한 왜 소리가 나는지 이유는 알 것 같으니까. 이제부터라도 진짜 날 위한 연주를 하고 싶어."

"그래서 여기서 보자고 한 거야?"

지우가 물었다. 세민이 고개를 끄덕였다.

"가자."

유린이 지우와 세민의 어깨에 양손을 올리며 말했다.

세민은 피아노 앞에 앉았다. 무심히 지나치는 사람들과 피아노 앞으로 모여드는 사람들 사이에서 세민은 오로지 건반만 내려다보았다. 양손을 올리고, 한 음 한 음 정성을 다해서 피아노에게 말을 걸었다. 피아노는 언제나처럼 친절하게 답을 해 주었다. 드넓은 하늘을 날아오르는 새처럼, 혹은 좁은 계곡을 파고드는 바람처럼, 밤하늘에서 반짝이는 별처럼. 선율은 경계를 두지 않고 곳곳으로 스며들었다. 파동을 만들고 빛을 만들고 이야기를 짓고 이 순간을 기억하게 했다.

지우 눈앞에 빛이 아른거렸다. 빛은 별이 되어 날아올랐다가 또다시 쏟아져 내렸다. 빛의 조각들은 분분히 흩어져 지상에 존재하는 사람들, 그들의 몸 위로 내려앉았다. 하늘이 아닌 지상에서 수많은 별들이 움직이기 시작했다.

그 가운데 은우의 빛도 있는 것만 같았다.

'언니, 이제야 조금 알 것 같아. 언니가 몽골에 가고 싶었던 이유. 언니가 보고 싶고 알고 싶고 느끼고 싶었던 건, 별. 그런데 그 별은 하늘에만 있는 게 아니었어. 언니는 세상에 있는 수많은 별들도 보고 싶었던 거야. 이곳과는 다른 방식으로 살아가는 사람들의 빛을 보고 싶었던 거야. 내 말 맞지, 언니?'

"여든아홉 번째 별자리."

지우의 속삭임이 소리에 예민한 유린의 귀에 전해졌다.

"여든아홉 번째 별자리?"

"이 곡 말이야, 세민의 연주곡. 내게는 꼭 여든아홉 번째 별자리 같아."

유린은 웃으며 세민의 선율을 귀에 담았다. 어젯밤, 하늘에 그리다 만 별자리를 이어 갔다. 이 순간도 하나의 별이다. 유린은 지우와 세민을 번갈아 보았다. 앞으로 새롭게 이어질 별자리, 친구들과 함께할 반짝이는 이야기를 상상하며.

밤이 되면 집 가까이에 있는 공원으로 향하곤 했다. 안으로 깊숙이 들어가면 흙길에 나무도 많고 양쪽으로는 밭이 펼쳐져 있다. 가로등이 있긴 해도 도로변보다는 제법 어두운 곳이라, 밤에 그곳은 다른 세계가 된다.

하늘을 올려다보면 인공위성의 밝은 빛이 가장 먼저 눈에 들어온다. 진짜 별이 아닌 줄 알면서도 저 빛처럼 환했으면 좋겠다고 생각한 적이 있었다.

어느 날 벤치에 앉아 음악을 들으며 하늘을 보는데, 북두칠성이 보이기 시작했다. 오랫동안 하늘을 보고 있으니 각기 다른 온도로 숨어 있던 별들이 하나, 둘, 셋…… 눈에 들어왔다. 보이지 않지만 분명히 존재하고 있을 다른 별들에 대해 생각했다. 그 별들이 궁금해지기 시작했다.

가톨릭에서 1월 1일은 천주의 성모 마리아 대축일이다. 2016년 첫날엔 이유 없이 우울했던 기억이 있다. 해가 지고 저녁이 되어 성당으로 향했다.

묵상 중에 피아노 연주곡이 흘러나왔다. 귀에 익은 듯하면서도 생소한 곡이었다. 예상하지 못했던 음악이었기 때문일까. 우울했던 마음속에서 반짝, 빛이 일기 시작했다. 선율이 빛이 될 수 있다는 것을 처음 느낀 날이었다. 연주가 계속 이어지기를 진심으로 바랐다.

물론 나의 간절함과 달리 연주는 금세 끝이 났다. 그래도 빛은 사라지지 않았다.

그날 이후 피아노를 듣고, 피아노에 관한 책을 읽어 나갔다.『양과 강철의 숲』(미야시타 나츠 장편소설, 이소담 옮김, 예담 2016)을 읽으면서 피아노 건반 수와 별자리 수가 모두 여든여덟 개라는 사실을 알았다. 참 신기했다. 피아노 선율이 빛처럼 여겨졌던 내게는.

사실 나는 피아노를 치지 못한다. 하지만 감정을 모아 건반을 누르는 연주자처럼, 마음을 다해 자판을 치며 글을 써 나갔다. 이 소설이 누군가에게는 반짝이는 연주곡처럼 스며들기를. 부끄러운 바람을 가져 본다.

김영선 님을 비롯해 창비 청소년출판부에 감사를 전한다.

2018년 겨울의 문턱에서

최양선

창비청소년문학 87

별과 고양이와 우리

초판 1쇄 발행 • 2018년 12월 5일
초판 3쇄 발행 • 2020년 11월 16일

지은이 • 최양선
펴낸이 • 강일우
책임편집 • 김영선
조판 • 박지현
펴낸곳 • (주)창비
등록 • 1986년 8월 5일 제85호
주소 • 10881 경기도 파주시 회동길 184
전화 • 031-955-3333
팩시밀리 • 영업 031-955-3399 편집 031-955-3400
홈페이지 • www.changbi.com
전자우편 • ya@changbi.com